Con un padre me basta

Guadalupe Olalde

La soltera se afana en quehacer de ceniza

en labores sin mérito y sin fruto...

...Y no puede nacer en su hijo, en sus

entrañas, y no puede morir.

Rosario Castellanos

INDICE

Melodía

Acordes

Concierto

Encore

Melodía

Virgen sin mancha

La punzada otra vez. Aquella náusea inoportuna a mitad del ensayo. Las notas de la orquesta se enlazaban triunfantes en *crescendo*, llenaban los espacios del teatro y se recostaban en sillas y paredes. Los músicos, con un relajamiento de melodía empezada, llenábamos el aire de las once de la mañana, sueltos al goce del sonido. Esta vez parecía que iríamos al final, pero la náusea del recuerdo inventó acordes diferentes en mi cello y regresó de nuevo el silencio obligado. El director me señaló iracundo, me exorcizó con gritos destemplados y supe, como siempre, por qué yo era rechazada. No era lícito volar con alas propias, tenían que ser prestadas, comunes, iguales a otras músicas.

Mientras siguió el ensayo esa mañana adiviné que había aprendido a tocar el cello para no crucificarme en un rosario de mujer soltera y decidí mejor saber las técnicas de reproducción de arte en cuerdas tensas. Seguí tocando al ritmo de los músicos y aunque quise cerrar los ojos y no leer las notas, fui obediente y sumisa.

De todos modos yo no era igual que otras. Me sabía diferente de mi hermana la monja, tan mística, tan natural y libremente presa en un convento. Diferente también de mis otras hermanas, solteras desde niñas, bordando su sudario en la escuela primaria para llegar al cielo engalanadas y sentarse a la derecha de Dios, donde sólo hay lugar para las vírgenes.

El recuerdo, papá. Te vuelvo a ver. Con el bigote espeso como marco de tus carcajadas. ¿De qué gozabas tanto en la cantina?, ¿de qué podían reírse muchos hombres juntos? Ahí estás siempre. A mi pesar te sigo vislumbrando como antes a través de rendijas de puertas y ventanas. Quedaste anclado a las rutinas sin sentido de mi vida en tu casa: coser, bordar, vestir al niño Dios para la Candelaria; estás sujeto con dientes y con uñas al quehacer inútil de restirar las sábanas y de lavar platos, cucharas, calcetines, colchas, hasta que la espuma blanca me cegaba y acababa de prisa para donar de nuevo mis obras a la mugre. No sé cómo te dejamos construir el mausoleo para una madre y cuatro hijas, con paredes de rezos y quehaceres, con masa de tortillas recién hechas tres veces al día, con cubetas de ida y vuelta al pozo para lavar chiqueros y animales, con camas limpiecitas, pisos brillantes, ropa almidonada. Sólo de noche nos dejabas en paz con nuestras mocherías: el rezo del rosario, y los domingos nos veías ir juntas a misa, con el tiempo medido, sin detenernos a ver hombres en la calle. Estos recuerdos me persiguen como no te imaginas.

Cuántas veces, como en aquella tarde de lluvia, después del ensayo tormentoso con director gritando, me acordaba de ti. Sí, llovía, y la dulce lluvia del campo en la Ciudad de México era sólo un desastre: hacía charcos para estropear zapatos, paraba el tráfico y convertía las banquetas en planchas jabonosas que me impedían correr; sobre todo esa tarde en que olvidé el paraguas y tuve que olvidar también mis ganas de caminar para echar toda la angustia en un paso y otro hasta mi casa. Salí a empaparme a la esquina donde esperaba el tranvía para viajar allí con cualquier hombre leyendo impávido el periódico y sentir tu recuerdo. Pensaba cómo yo y las solteras y la monja habíamos mamado con la leche materna la lección: *"Respeto al hombre"*. Hombre eras tú y el director de orquesta eternamente, porque nunca serían al aire una melena fina y un talle femenino de espalda al público; hombre también aquel cura del pueblo...

El correr del tranvía en vías como de hielo me recordaba aquellas caminatas largas por las calles, de la casa a la iglesia. Yo no he vuelto a la iglesia desde niña, desde el tiempo del cura que amonestaba a gritos sobre el mundo, la carne y el deseo, y nos dejaba a mí y a mis hermanas azoradas, con un temor que fue alimentándose con años y años de ir a misa... Las rodillas juntas y las piernas derechas, la falda hasta el tobillo, muy bien acomodada. La espalda recta contra la banca tiesa y a escuchar los sermones: diez minutos, diez más y diez… hasta una hora o una hora y diez y veinte.

Mis queridos hermanos, el Evangelio de hoy nos dice que Cristo siempre fue soltero… ¿soltero siempre?, bueno, treinta y tres años solamente,… *y nunca amó mujer* ¿cómo será el amor de hombre con mujer? *San Pablo nos dice que estemos alertas contra deseo y carne…* y entonces, el deseo era algo diferente a desear un paseo o un vestido nuevo, carne-deseo eran las miradas de hombre que quemaban mi cuerpo por la calle o en el establo donde compraba leche, y el enemigo, el vaquero de labios gruesos que decía palabrotas y me preguntaba ¿cómo te llamas? ¿Cuántos años tienes? ¿Quién es tu padre?; pero nunca se lo dije porque él era la carne y Satanás.

Una tarde, después de aquella visión de los demonios me asomé a la Gloria. Ahí estabas Crispín, estudiando, revisando cuadernos en el salón de clases en penumbra. Te adiviné el pelo perfumado, vi tus manos suaves llevar la pluma y los papeles y quise haber nacido años después para ser entonces tu alumna sentada en una de esas bancas, oyendo tus lecciones. Nunca conté en mi casa la historia del vaquero del demonio y decidí seguir sola en las calles diariamente para quedarme a la orilla de la última ventana, la del fondo, ¿te acuerdas?, desde donde quedabas en tu mesa frente a mí, sin que me vieras, por supuesto. En un tiempo alimenté las esperanzas de que un día presintieras mi presencia escondida y acabaras hundiendo tus ojos en mi cara.

Eso era amor. Pudo ser carne porque entre mis pechos brincaba un animal encajonado que me quitaba el hambre, el sueño, las ganas de vivir. Cuando pensaba en ti sentía música por dentro y angustia, miedo. Después, ganas de besarte despacio y de ir tocando cada dedo tuyo entre mis manos. ¿Qué sería aquello? Era al menos urgencia, necesidad de verte cada tarde a pesar del vaquero y del deseo.

Nunca supiste de esa tarde, Crispín, de una tarde cualquiera, igual que otras... Yo venía como siempre, sonrojada y nerviosa por el encuentro con el hombre-diablo, pero llegando ya a la escuela, que quién sabe por qué, estaba vacía: las puertas y ventanas cerradas. Anochecía, había muy poca luz. Me pegué a los cristales para mirar el patio solo y los pasillos huecos. El animal de adentro de mi pecho me lastimó con fuerza y no vi más salida que recorrer las calles esperando encontrarte en cada esquina hasta que anocheció. El bote con la leche me pesaba y el desaliento más; decidí regresar despacio, arrastrando los pies sobre la calle para llorar a solas. Adentro de las casas se reunían ya los niños a la mesa y las madres dejaban costuras y zurcidos para la nueva tarde; una que otra me miró pasar: cabizbaja y ausente. Ya casi por llegar, con todo el cielo oscuro encima, lo encontré. Fue de repente. Así como esperaba la visión del ángel llegó la del demonio que se arrojó hacia mí para forzarme a caminar de prisa a un callejón. Me arrancó el vestido, me desnudó a manazos con la fuerza de un monstruo, me abrió las piernas y enterró entre mi cuerpo todo el olor de establo, las palabras vulgares, la carne, el mundo y el asco eterno.

Al entrar a mi casa venía hecha jirones, sin trenzas, moreteada, con un hilo de sangre entre las piernas y sin poder hablar. Mi madre, al verme, lo comprendió todo en un momento, y entre sollozos, fue lavándome y cubriéndome de besos. Me dio un té calmante, puso en mi cama la imagen de la Virgen y me dejó dormir: "no te preocupes, hija, llora, desahoga, yo veré qué hago". La casa se quedó quieta entonces, sólo se oían los ruidos atenuados de mujeres preparando el atole y haciendo las tortillas. Yo podía ver apenas aquella estancia grande en que dormíamos todos. Olía a sábanas limpias, a cena fresca, a casa. Me recosté en la almohada y, mientras el terror y el cansancio me vencían, percibí cuchicheos en la cocina; seguramente mamá les contaba a las otras lo ocurrido, porque vino una de ellas a ofrecerme café o atole o agua y a acariciarme el pelo. Había calma forzada, tranquilidad fingida. Eras el miedo, papá, y ya venías. Tus hijas asustadas sintieron tus pasos mucho antes de que abrieras la puerta y fueron a esconderse.

Por eso, al entrar no viste nada raro, siempre era así, nadie quería torear el estallido: "¿qué hay de comer? ¿No fueron por pan o por manteca? ¿Más atole de ayer? Hembras malditas, inútiles''; dos noches sí, una no, tres sí, aquellos golpes a todas, aquellos chilliditos de rata de mi madre con la cara sangrante o un brazo lastimado. Esa vez venías a pasar revista solamente antes de volverte a ir y me encontraste a mí con los ojos abiertos y la expresión perdida. Mi madre aceleró la explicación: "la robaron, le quitaron dinero y el bote de la leche, se quiso defender y la golpearon toda…un ladrón… quién sabe quién''. Tu furia ciega del momento no estalló en ningún golpe. Te vi amordazar con la mirada a mi madre pequeña que temblaba sin ritmo. Regresaste a la puerta para dejar oír dos palabras gritadas antes de irte de nuevo: VIEJAS PENDEJAS.

No quisiste saber, mamá, quién había sido. Te vi apresando la pregunta en los labios y callé la respuesta. ¿Por qué mamá? ¿Por qué tampoco pude yo decirte que aquella conmoción brutal había dejado entre mi cuerpo un final sentimiento de placer? Mezcla de horror y gozo, de humillación terrible y palpitaciones lentas de mi vientre muchas horas después. Del otro lado de la vida estuve, con los gritos ahogados por aquellos labios gruesos y una lengua cortante, hasta que dejé de tener aire en el cuerpo y no sentí ya más dolor ni miedo, sólo aquella punzada en medio de mi vientre, aquel dulce y amargo escalofrío. Quise explicarme tantas cosas y no pude, quise poder hablar y no me fue posible, no vertí suficientes chorros de lágrimas nocturnas, no pude desahogarme ni supe nada de mi cuerpo desnudo expuesto aquella noche a lo desconocido.

Después, ya sabes, me sepulté entre ustedes mucho tiempo, por propia voluntad, para morir de encierro. Se acabaron la escuela, los paseos, las tardes de juegos en la calle. Dejé que el barrio entero me inventara un disfraz de joven de mi casa, entre paredes siempre porque es muy recatada, virgen sin mancha, católica incorrupta.

La esponja del amor

La ventana. Aquella en la que pasé muchas horas y días mirando hacia la calle, mientras mis cicatrices se formaban y acabaron tapando los horrores de la noche del diablo.

En unos meses se fue quedando atrás aquel espanto y también la cara del ángel, atada en mi recuerdo al aquelarre. No sé qué fue: los rezos de mi madre o el aire de limones en el huerto, o mis catorce años y medio, lo que me hizo salir, *la ventana, detrás de la ventana*, y un día fui con mis hermanas al coro de la iglesia para encontrar que el canto me aplacaba el ansia, las iras y el desastre y que el sabor y el ruido de mi pueblo me colmaban el alma, Así, sin darme cuenta, caí en la costumbre curativa de cantar en el templo. Qué suave era entonces el canto que fluía desde dentro como bálsamo; en el pecho me creció poco a poco un regocijo y pude ver de nuevo días soleados, *la ventana, al otro lado de la ventana*.

Un Domingo de Pascua, mamá, al verme contenta, me prestó su mantilla de bodas y aquel día canté con el alma en el rostro velado por encajes. Así me viste, Crispín detrás del velo, y el corazón te dijo que yo era la niña del suspiro en la ventana que te dejaba inquieto por las tardes y que nunca volvió. Al fin hundiste tus ojos en mi cara y me encontraste hermosa. Desde ese día te vi seguirme por la calle de todos los domingos y vi mi casa tapizada de besos y caricias, desde lejos. Adiviné que sentías un amor desesperado, terco, ciego si era necesario. Aquello era difícil para ti, Crispín Domínguez, maestro normalista, enamorado por tercera vez y más que nunca. ¿Cómo acercarte a María Escala?, la hija de Don Teófilo, niña piadosa y encerrada. Buscaste el modo y muy pronto encontraste a Doña Gume, la chismosa: virgen de pueblo, cincuenta años encima, faldones largos y blusas cerradas hasta el cuello siempre tenso.

Felizmente la hallaste cantando en el coro del domingo y le diste la carta para mí, aquella redactada durante muchas noches con exquisitas frases que borrabas, rehacías, acomodabas…

14 de julio de 1932.

Señorita María Escala:

Hoy me he atrevido por medio de esta carta a solicitar de usted un vínculo amistoso entre los dos.

La veo cada domingo en la iglesia y escucho atento su canto melodioso que me embelesa enormemente. Merece usted todo mi respeto y una pura devoción como la que profeso a mi santa madre; es por eso, orgullo de mi parte, confesarle que mi intención es sana y casta con su fina persona.

Si es preciso yo puedo acordar esto con su padre y pedir permiso para visitarla. Yo paladeo también los gozos de la música y podríamos platicar sobre el tema.

Le solicito ahora, perdonando usted de nuevo este atrevimiento, que conteste a mis letras con alguna frase de esperanza labrada con sus tersas manos.

Suyo siempre

Crispín Domínguez Juárez

Maestro de 5° de primaria

Otro fue el tiempo del amor. La sombra de toda mi deshonra había pasmado el sentimiento, las ilusiones no tenían ya un nombre en mi cabeza y estaba muerto el animal de abajo de mis pechos que me quitaba el hambre, el sueño, las ganas de vivir. ¿Hablar con Teófilo? Ya para qué. No ibas a entender, papá, y aún si hubieras escuchado sería al engaño de los sentimientos castos que ya no había. Una mujer herida desde el sexo hasta el alma no era capaz de ver al novio formalito muy sentado en su sala, prometiéndole boda y muchos hijos, costuritas, limpieza de la casa. Ya era muy tarde, la sumisión de esposa que, pese a todo, yo deseaba, se había perdido en una sola noche.

Pasaron los meses con todos sus domingos y el gozo de los cantos me había crecido dentro como una enredadera; fue por eso que, en uno de esos días, me sentí estremecida en el Hossana. Allá abajo del coro, *Santo Santo*, lejos, *Señor Dios de los Ejércitos* el sacerdote alzaba la mirada hasta el cielo *Llenos están los cielos de tu Gloria* y el humo de las velas lo volvía un fantasma. Sentí de nuevo amor, *hossana en las alturas* el corazón se me hizo esponja suave que se derretía en lágrimas, *hossa...a...na*, se me ahogaba la música y, con frases mojadas, se lo dije a María Monja: "hermana, siento amor'', "¡Ah!, es Dios'' -me contestó- "Dios es amor y a veces se aparece desde adentro de uno''. Ya así no opuse resistencia y me entregué a la embriaguez que me llevó tranquilamente a buscar con los ojos la penúltima banca de la izquierda donde sabía que estabas tú, Crispín Domínguez, y te clavé por fin esa mirada que esperabas sin habla desde toda la vida. Yo te amaba, Crispín, y también te deseaba, con una confusión tan joven de placer y de encanto...¿qué habrá sido de ti si te quedaste atado desde entonces a mi deshonra y a mi padre?

La madrugada quieta me encontró arrinconada en mi cama, luchando con la fiera de mi pecho resucitada en convulsiones de alegría. La vigilia me agotaba y empezaba por fin a perderme en el sueño cuando escuché las notas de guitarra pegadita a mi casa y la voz, una voz que traspasó el muro sin tropiezos, entró por la ventana y me arrojó medio cuerpo hacia la calle buscando al ángel. No me importó el viento helado penetrando en mis huesos, ni el frío del piso en los pies descalzos, no miraba ni oía más que a ti, Crispín, cantando a gritos. No vi por eso la luz a mis espaldas, no escuché los pasos, sólo sentí de pronto mis trenzas en el aire, vueltas al cuarto con un tirón enorme; después, dos golpes nada más: uno en la cara con tibio olor de sangre y otro en el vientre. Mientras caía, oí el trueno del grito hacia la calle, que fue perdiéndose en rayos de colores…¡Fuera de aquí, mi hija no es *ramera…era…a…*!

Estallaste esa vez, Don Teófilo en una catarata de palabras sin nombre que me arrojaste encima durante muchos días para horadar perfectamente el claro abismo que nos iba a unir hasta la muerte. Y, en medio de ese abismo, te he de olvidar papá, aunque me recuerde tu imagen cada hombre leyendo en un tranvía, aunque sea señalada por un hombre-batuta, aunque te siga viendo en tu lecho de muerte y tu vejez me inspire asco. Me he de librar de tu recuerdo y tú del mío.

La voluntad de Dios

Veinte años yo tenía y nunca había salido. Mi vida era el zurcido, como siempre, el quehacer de la casa y el coro de la iglesia. De vez en cuando, algunas reuniones sociales de Don Teófilo, no habrías imaginado nunca, papá, el resultado de esa reunión a la que nos llevaste para oír la música de cámara con familias selectas en casa del alcalde, tan culto, que daba brillo al pueblo con simulacros de progreso. Dijo que había traído la orquesta desde México para deleite de todos sus amigos, pero en realidad la viola era su prima y el director su tío y andaban más que hambreados inventándose giras en los pueblos. Nos invitó ¿te acuerdas? A comer antojitos mexicanos, a beber pulque fino y aguas frescas, a escuchar por un rato la música de cuerdas y después a bailar valses, polkas, jarabes, al compás de violas y violines.

Yo estaba desganada, planché sin ilusión mi falda nueva mientras me decidía a obedecer; me imaginé sentada, como siempre, tomando limonada entre sonrisas tiernas para toda la gente, asfixiada del peso de tu guardia, viéndote atento a cualquier movimiento de tus hijas, tranquilizando con suaves palmaditas a la madre asustada, pegada a las faldas de las niñas. Todas mudas y ciegas ante cualquier presencia masculina. Y tú allí estabas Crispín, con tu cara de niño. Ni una palabra, ni un gesto delator, tuviste miedo y no me amabas más; ya no te quise yo tampoco sentado entre los hombres esa noche, tan cerca y tan lejos de mi padre. Tú también lo observabas, desbordado en la silla, con el sombrero mal puesto hacia la cara en la esperanza inútil de ocultar sus bostezos; ni tú ni él imaginaban mi deshonra, me hubieran acabado entre los dos, tú habrías justificado el no tenerme y él habría preferido verme muerta, mejor inerte y seca o al menos enclaustrada en el primer convento que me abriera las puertas.

Hasta ese momento, durante cinco años y ocho meses pensé en ti, y es fácil decir la cantidad cuando no se han ido contando los días y las semanas de tortura y silencio; pero allí, al paso de las cuerdas, me liberaron el desprecio y una nueva pasión.

Cuando acabó el concierto de esa noche no supe qué fue lo que tocaron porque al primer acorde me percaté del cello y allí quedé atrapada. Ella era una mujer de edad indefinida que leía con altivez el pentagrama, echaba atrás el cuello para mirar el aire y balanceaba con firmeza el arco. La música dulzona le salía de entre las piernas, de su centro mismo, que era un bloque de madera y de cuerdas, una coraza pétrea de virgen intocable, un escudo de voces melodiosas que la enfrentaba al mundo, triunfante. Por un instante recordé la vergüenza, aquel desgarramiento de mi vientre y al ver al cello erguido, fuerte, abrazado en dos piernas, sentí de nuevo la esponja del amor.

Desde ese día una idea se me hizo obsesión: estudiar el cello, hacer música desde dentro del cuerpo y así empecé la travesía hacia el mundo futuro de la Escuela de Música: indagaciones, cartas, informes, planes que iban avanzando. Ya el paso estaba dado, pero un pensamiento me helaba todo sueño: Don Teófilo. ¿Cómo hacer?, ¿huir?, ¿y la ayuda económica para empezar? No sospechabas, papá, tú tan ajeno siempre a las cosas de tu esposa y tus hijos. Después de todo, hijos tenías muchos, no sólo los de casa y esposas dos o cuatro, tú no cumplías con nadie porque eras gallo libre con un ímpetu de toro bajo el vientre; te ocupabas nomás de lustrarte las botas y perfumarte el bigote para acercarte a niñas vírgenes.

Tú lo sabías, mamá, y fingías no saberlo. Nunca faltaron de tarde por la casa tus amigas del pueblo con sus cuentos: "se le vio aquí o allá", "deshonró a fulana y a mengana"… conocías a los hijos descalzos y mugrosos de mi padre, desperdigados por todas las esquinas, les diste incluso de comer. Nunca voy a olvidar a aquella niña hambrienta que nos tocó la puerta, tenía mi misma cara y los ojos de becerro quieto de su padre y el mío.

Una vez te lo dije ¿lo recuerdas?, no pudiste negarlo y me consolaste asegurando que eras tú la legítima ante la ley de Dios.

Escuché horrorizada la lección: "los machos son así, de cualquier modo sacuden al sol las plumas sucias y quedan como nuevos, hasta se ven más hombres".

Poco a poco empecé a acostumbrarme al desgaste de pensar, buscando la manera de consumar mis planes, porque una muchacha honrada de mi pueblo no podía imaginarse en futuros inciertos, como de hombre, ni salir de su casa sin boda de por medio. Mi suerte estaba echada: la escuela primaria cuando niña y después los quehaceres al lado de mi madre, las labores de beata para cumplir con Dios y, al cabo de unos años el matrimonio que mi padre pactara.   Me sabía impotente ante tanta desgracia y por eso dedique días y noches a tejer la telaraña para atrapar al cello con oraciones, magia negra, hechizos, rosarios, penitencia y promesas. Ciertamente esperaba una mejor respuesta del Diablo que de Dios, porque Él impone hacer su voluntad y tantas veces es tan mala: un niño muerto, *la voluntad de Dios*, la boda conveniente con cualquier viejo seco adinerado, *la voluntad de Dios*, enfermedades largas, sillas de ruedas, deformidades en la cara, *la voluntad de Dios*. Lo otro era el Demonio: doña Juana, la hechicera del pueblo, cubierta siempre con rezos y estampitas de santos; empecé a oír su voz en lecturas de cartas, a través de un huevo en agua, adentro de frascos con especias y miel, y me dejé en sus manos: desnuda era barrida con hierbas dos veces por semana; pero también, vestida hasta la oreja, iba a la iglesia y leía libros piadosos por si acaso, por si Dios se despista y una noche me escucha. Así, cosí un muñeco de trapo gordo y feo con una melena insólita de pelo de mi padre y le enterré espinas en el pecho y el vientre y así también bordé el vestido de la Virgen para el Día de las Madres.

A ti, Dios, yo te busqué, pero desgraciadamente eres también mi padre y eso no me servía, con un padre me basta. Eras igual que él, callado siempre ante mis lágrimas, impasible a mi desgracia.

Y tú, María, sólo te me quedabas viendo serena y muda, pero a ti te comprendo, las madres no pueden hacer nada.

Por eso me agarré de otras fuerzas que me contestaran pronto, yo ya no podía esperar más. Hoy no sé todavía si aquella tarde negra cayó a mis pies del cielo o subió del infierno, pero algo me detuvo en una puerta oscura al otro lado de la calle. Oí jadear y vi un bulto enorme arropado con sombras de la noche que se revolcaba tenso e imponente. Entonces fui despacio hacia allá para mirar a aquel caballo en agonía a medio pueblo y te encontré, Don Teófilo, sobre una adolescente que se tapó la cara al verme. Cuando grité la luz se hizo por instantes para que ambos nos viéramos los ojos y allí fue.

Me fui corriendo a casa, dichosa como nunca, para contar por fin a todos que me iba a estudiar. El chorro de palabras tanto tiempo guardadas asustaba a mi madre: México, el cello, la escuela de música, libertad, trabajo, triunfo. Me quisiste callar, mamá, pero no había ya quién me detuviera. Venía Don Teófilo, pero esa vez ¿recuerdas?, entró, oyó, y no hubo cuetes explotando ni lloridos por golpes, sólo asintió. Dos días después, tú viste cómo, sin dirigirme la palabra me dio dinero, me bendijo y me puso en el tren.

Acordes

Dormir lavada

¿Cuánto tiempo fui niña? Era una niña aún cuando llegué a México a estudiar. Había sufrido mucho, estuve enamorada como una mujer, pero sentía temor a tantas cosas nuevas. De noche lloraba por mamá. Mi primer hogar: un cuarto oscuro en la ciudad…

Chabacano 40, sexto piso. Cuarto para estudiante sola, doce escaleras, baño compartido con otras cuatro habitaciones, comida corrida en la fonda de enfrente. Un poco más de renta que los otros porque hace mucho ruido con el instrumento.

Aquel comienzo no fue fácil. La primera mañana, al despertar, no supe qué fue lo que pasó cuando al abrir la ventana y no ver árboles ni pájaros, ni los cerros cercanos, se me empapó en llanto la cara ante las azoteas con tendederos y tinacos, los edificios llenos de familias apiñadas una sobre otra, las casas, con peculiar estilo citadino de molduras doradas, azulejos de todos los colores y terrazas cuajadas de macetas, simulando huertos enjaulados. Me dejé ir en un llantito triste que me recordó a mi hermana.

María Monja, tan delgada, tan débil. Ya habías profesado y andabas contenta en tu convento, con el pelo cortado como hombre y escondido entre velos, con vestidos oscuros y pesados, manos partidas de quehaceres, ojos cansados de vigilia y de lecturas en libritos de rezos, cantando siempre como en las tardes de zurcido en que yo reclamaba: "¿Por qué cantas?, ¿te estás volviendo loca? Si estamos encerradas en un círculo de plomo". "Hablo con Dios", decías. Y plomo era aquel encierro, aquella rigidez de nuestro padre, la casa pobre y el silencio de tardes y de rezos. "¿Con Dios?... ¿y desde cuándo?"

Apenas podía yo creerte. "No sé, desde hace mucho… desde las fiestas de la escuela, mientras todas bailábamos, o cuando descubrí las nubes con caras y con manos, a lo mejor, no sé, durante el sueño de una noche. Lo cierto es que esas pláticas se me hicieron reales poco a poco y un día las encontré como prendidas a mis faldas. Por eso canto".

Desde entonces supe que había un barranco entre las dos y me dolió profundamente porque siempre te he amado. Tan sólo dos años nos llevamos y aunque eres la mayor igual jugabas, igual hacías desorden y travesuras con castigo paterno. Además, fuiste la cómplice del muerto y eso no es así nomás para olvidarse. Nuestro hermanito tendrá que perseguirte, como a mí, desde el fondo del pozo, todos los años de tu vida.   Seis años tenías y cuatro yo. Angelito, año y medio. ¿Te duele a ti el recuerdo todavía? ¿te atormenta esa náusea que me acomete tanto? Era un niñito gordo, renegrido de sol, que apenas caminaba y se reía de todo a carcajadas, nos gustaban sus manos de pollito caliente. Mamá siempre ocupada. Nosotras, sin más remedio que aprender a trepar a los árboles y a jugar con ollitas al mismo tiempo que a arrullar al hermano y darle sus comidas. La mañana del tren fue invento tuyo. A ti se te ocurrió juntar piedras redondas para construirlo largo y también amarrar a Angelito a mi cintura. El trato fue media hora cada quién con el niñito tironeando y chillando por zafarse.   El tren empezaba al fondo de la huerta y los vagones subieron y bajaron los montones de tierra, dieron vuelta a cada árbol, se perdieron en hierbas y macetas; era tan arduo aquel trabajo, hacía tanto calor; pero en algún momento dejamos de sentir el sol, el hambre… media mañana cada quién… una hora, dos horas… y no sentí tampoco la ausencia de tirones de niño hasta que mamá nos llamó a comer.

Entonces el espanto, las carreras, los ayes, el nombre a gritos pronunciado sin ninguna respuesta. En la tarde lo sacaron del pozo, abotagado, más gordito y callado, con las manitas de pollo heladas de agua.

Hermana Monja, ya rotos tus recuerdos y los míos te miro lejos. Lo dejamos llegar hasta el comienzo de la muerte misma y lloramos de horror por mucho tiempo, como si tantas lágrimas de niñas lo pudieran traer de nuevo al huerto y a los juegos. *La voluntad de Dios.* Me niego a entender tu gozo y entierro mis preguntas. Prefiero resignarme a no saber jamás si Dios es esto que vislumbro: castigo y miedo, terror de llamas del infierno, estatuas mudas en todas las iglesias queriendo ver el mundo con ojitos de vidrio congelado.

En ese tiempo me deprimían con frecuencia la soledad y la pobreza, no haber tenido en modo alguno lo que hubiera soñado; pero una muchacha que llegaba huyendo de su pueblo no podía aspirar a algo mejor. Había poco lugar, en la ciudad no existen los espacios abiertos para que el alma ande vagando por la casa y el huerto. La cama, el cello y el atril, algunos libros y un cajón con mi ropa lo habían llenado todo; en una pared colgaba mis vestidos y blusas de tres clavos y en otra, junto a la única ventana, puse un enorme calendario con el Palacio de Bellas Artes. Allí empecé a tachar los días que pasaban como si las equis sobre los números pudieran empujar el tiempo hacia adelante.

Estudiar tampoco era sencillo, mi terquedad me fue sacando a flote del desaliento de mis noches, cuando estaba tan cierta de no haber nacido para el arte, cuando pensaba que mis dedos callosos y cansados podrían estar mejor entre cacharros de cocina. Yo sola me arrojé de bruces al espanto de la Escuela de Música y así cargué con el cello en un viacrucis sin cirineos que me ayudaran.

Dejé pasar la vida. Ensayé muchos años las posturas para aferrarme al instrumento fingiéndole caricias y después, me supe bailarina con la mano de pájaro en el viento, llevando el arco. De tanto verlas, acabé paladeando con placer las monótonas lecciones de notitas insulsas y me volví copista para escribir mi historia en pentragramas, cada día, con la constancia del diario adolescente que no había hecho nunca. Empecé aquello con sencillez, simplemente como niña aplicada que aprende escalas: do-re-mi-fa-sol, la-si-do…

do-domingo de Pascua

re-recuerdos

mi-mi padre, mi casa,

fa-sol de mañana en el pueblo

la-la de antes, la que soy, la que fui

Y poco a poco fui sofisticando mi quehacer de asociar ideas con notas y silencios copiados, hasta que, después de un tiempo, logré encontrar mis miedos, rencores y deseos en las hojas pautadas, hechos sinfonía y conciertos. Con la música perdí la candidez que me quedaba y entré a un letargo de emociones álgidas, compartí otros sabores de instrumentos de cuerdas a mi lado y escuché los diálogos de trombones y teclas muchas noches, aún después de los conciertos y de mis meriendas de pan con chocolate. Y a ti, mi cello, empecé a quererte y a sentirte entonces, no antes. Empecé a saber que después de varias horas de trabajo y amor el calor de nuestros cuerpos era el mismo, tu madera y mi piel tenían un solo tono cuando mis brazos te soltaban; tus cuerdas se quedaban pegadas a mis nervios y a un único ritmo se iban destemplando de un día para otro y para otro. Habíamos entrado juntos a nuevas experiencias: acompañar a otros sonidos, prepararnos para formar parte de una orquesta. ¿Y qué sabías del mundo tú? Y yo, ¿qué supe entonces? Tú sabías de mis ansias solamente, y me ayudabas a expresarlas. Éramos uno solo frente a todo.

¿Te acuerdas de las cartas de ese tiempo?, las que guardo en cajones todavía, cartas viejas, muchas aún cerradas y es que aquellos papeles de mis hermanas no eran más que los testimonios rutinarios: bordamos unos almohadones, seguimos en el coro, María Monja feliz en el convento; después, la escuela.

Mis hermanas habían organizado una escuelita para ayudar al gasto de la casa, yo las veía entre los renglones de su pulcra letra, absortas en quehaceres de pilmamas, limpiando mocos y enseñando números, recitando los salmos de memoria y elaborando largos reglamentos con normas de conducta y disciplina. ¿Cuántos años tendrían? Si yo veintiocho, sesenta y cuatro entre las dos, una sola edad vieja en dos cabezas repartida, con un mismo sentir en alma y cuerpo. Allí también estaban las cartas de mi madre, con la letra chiquita que el tiempo iba haciendo cansada y temblorosa. Ésas sí las contestaba por la pena infinita que me causaba ver todo lo que había entre líneas, por la impotencia que me daba ver en esos papeles lo no dicho.

Hija querida:

Todos aquí muy bien, aunque extrañándote. El invierno está fuerte ¿tienes cobijas para el frío? Me preocupa pensar que trabajas tanto, pero me da orgullo que estudies.

Teofilito tu hermano ya empezó a trabajar con tu padre en la siembra y, como ya sabes, se parece mucho a él.

Cuídate, come bien para que tengas fuerzas. ¿Ya pronto acabas de pagar el cello?, te mando giro por ochenta y dos pesos, no te preocupes, es dinero que yo no necesito, gástalo que yo lo gané para ti. De salud estoy bien, sólo un poco cansada, son los años.

Escribe pronto porque tus cartas me son muy apreciadas y que Dios te bendiga.

Tu madre

Así eran tus cartas, mamá: el bienestar fingido, la paz presente. No creas que yo ignoraba que no tenías suficientes cobijas para el frío, las veía dormirse juntas, mujeres todas, para cubrirse del invierno. También sabía que trabajabas mucho en la cocina y en el lavadero, y que los ochenta y dos pesos los habías ganado al cálido fuego de la plancha en tus tardes de encierro, pesos que eran para ti el costo de un rebozo, un par de zapatos, muchos litros de leche, las compras del mercado. Veía a los hombres de la casa, lejanos siempre, padre e hijo cada vez más iguales, ya sin nadie que pudiera enfrentarlos cara a cara. Y, por encima de todo, mamá, ¿cómo podías decirme tantas cosas buenas si un cáncer te crecía en el vientre aún lleno de recuerdos de vida?

Las noticias se saben y yo lo supe a tiempo, no me faltó la visita del pueblo que me lo dijera todo: tu pobreza perenne, tu enfermedad, los nuevos hijos y las nuevas mujeres de mi padre. Tú no eras nueva, eras ya una viejita. Aquella vez que fui de visita por cuatro días nada más, me acuerdo, exactamente seis meses antes de tu muerte, te vi tan vieja, tan cansada, tu piel era una hilera de arruguitas y estabas feliz de verme, de abrazarme, de tenerme contigo. También vi la miseria de la casa, la mesa pobre, la ausencia para ti de lo más elemental: sustento y hombre en quien apoyarte. Me dolieron mis lujos, mi apartamento nuevo con alfombra y moderna cocina, con ventanas abiertas a la calle tranquila de un barrio de ciudad. Pensé traerte conmigo, te lo dije, pero tu calle que barrías, tu fogón y el patio de tu casa eran parte de ti; no pensé en quedarme porque no imaginaba que esa era la última vez que me recostaba en tu regazo y cantábamos canciones de tus tiempos. Y si hubiera sabido, ¿habría tenido el valor de dejar un trabajo en la orquesta, que me costó tanto conseguir?, ¿habría tenido fuerzas para engalanar tu partida con mimos y cuidados? Hoy quizás lo lamento y no sirve ya de nada.

Tu recuerdo, mamá, se me queda siempre como culpa al descubierto, y cierro por largo tiempo el cajón de las cartas para no verte.

Después caigo en los rezos y es que escucho tu voz: "reza, hijita, no te olvides de Dios''; pero tengo que cerrar fuertemente los ojos para concentrarme en algo como las caminatas de viacrucis en Viernes Santo, vuelta y vuelta a la iglesia, hincándome después de algunos pasos, hasta que el humo del incienso en mi memoria vuelve a marearme como antes y regreso de golpe a mi casa.

Aquella noche de angustia sí pude rezar, ya hacía más de cuatro meses que no me llegaba ninguna carta y no podía dormir a causa de un temblor helado que me recorría la espalda. No tuve hambre en todo el día, me acosté sin pan ni chocolate y ya adentro de mi cama comencé a llorar mientras decía:

¡Oh Señor! Que nos dejaste la señal de tu pasión en la sábana santa
en la cual fuiste envuelto
como me envuelvo yo en mis noches de tormento
cuando por José de Arimatea fuiste bajado de la cruz
tan muerto como yo, como mi hermanito
¡Ay! Alma de Cristo, santifícame
Cuerpo de Cristo, sálvame
de mi propio cuerpo que quiere dominarme
Sangre de Cristo, embriágame
como me he embriagado tantas noches de amor fingido y sexo
        Agua del costado de Cristo, lávame…

Para dormir lavada como me quedé esa noche mientras pensaba que un día mis rezos sí fueron escuchados y conocí a los hombres. Ese día pude burlarme de mi padre, del vaquero y del tímido maestro. Recorrí desde entonces muchas camas y disfruté en secreto aquella angustia solamente acallada por momentos de orquesta. Esa primera vez, primera acordada y voluntaria, primera vez consciente y decidida. Él era violín y me había acosado muchos meses con ruegos amorosos, solíamos tomar juntos el café de los descansos en las mañanas y también en algunas tardes.

A mí me bullían las ansias del encuentro en un remolino de culpas y de horrores que me asomaba en la mirada mientras lo contemplaba: un rostro firme, brazos fuertes y manos como de madera elástica. Una de las tardes de café llovía con terquedad y él se veía cansado, tomaba a sorbos lentos de la taza y no me miraba, no hablaba, pensaba en el diálogo de siempre, las mismas palabras de ida y vuelta entre los dos sin mayor resonancia:

- ¿Por qué no, María Escala?

- Porque eres casado. No creo que tengas un corazón tan grande para repartirlo con dos mujeres y tres hijos.

- Lo mismo, Yo ya te he explicado, sufro mucho. A ella no la quiero más. Prueba una vez, tú también lo deseas, podrías negarlo y yo creerte si no te viera la mirada.

- No y no…

Pero esa tarde él no dijo nada más que "adiós, nos vemos luego" y pidió la cuenta del café. Yo me le quedé viendo impávida, supe de pronto que había perdido al hombre y lo detuve. Fue por tanta agua que escurría de los techos y hacía arroyitos en las calles para llevarse el lodo y la basura, fue por tanta humedad que quise refugiarme en ese cuerpo seco y tibio y acepté.

Me sabía diferente de las otras, de mis otras hermanas, de las mujeres todas. ¿Y cómo iba a ser igual que ellas si era capaz de usar a un marido ajeno? Yo era distinta, aunque del mismo sexo femenino y si no tuve suerte con los hombres fue trampa de la vida. Me percaté en ese entonces que ellas mentían, mujeres todas: el amor no era entrega ni dulzura, era tan sólo un modo de dominio sobre el otro. Supe también que una mujer, desde la cama, puede mover el mundo a sus antojos porque los labios de su sexo dicen las palabras más claras y ciertas de los tiempos.

Esa noche de angustia con escalofrío recordaba y rezaba mientras me dormía y soñé al violín y a mi madre pequeña. Cuatro meses hacía, cuatro meses sin cartas, cuatro… La luz intensa de la mañana siguiente no logró despertarme, ni el ruido de los coches en la calle, mis párpados hinchados se negaban a abrirse. Me despertó el mensajero, respuesta de mis rezos, me traía un telegrama con las cinco primeras y últimas palabras que me enviaste, papá:

MURIO TU MADRE. VEN. TEÓFILO

Miedo al agua

Treinta años, treinta y tantos... mis propios y personales años... ¿dónde vivía? En el apartamento. Fue la época del cambio, la suerte había empezado a serme favorable y tuve un trabajo en la Orquesta Sinfónica y un lugar más amable: era un cuarto pequeño, dividido en estancia, cocina, baño y recámara, todo dentro, en el mismo lugar, detrás de una puerta cuya llave tenía para mí sola. No era tan céntrico como antes –Chabacano 40, 6ª piso-, tan cerca del Palacio de Bellas Artes, pero aún quedaba inmerso en la ciudad y era una pieza más de aquella masa informe de calles y de barrios, tiendas, cines, iglesias, teatros...

Pensaba yo que, en el pueblo, sería ya la madre de cinco hijos, feliz esposa de Don Crispín Domínguez, director de la escuela; habría aprendido lo que es ser fiel hasta la muerte aun cuando el marido tenga otra casa y otros niños, habría velado muchas noches en espera del hombre ahogado en alcohol y frustraciones, habría aprendido tantas cosas... porque tampoco era un consuelo lo logrado hasta entonces: ser segundo cello eternamente. Y es que siempre estaría primero un hombre compartiendo el atril y el pentagrama con un servil cello femenino que le voltea la página y lo acompaña.

De niña, de joven de veinte años había pensado con frecuencia, ¿qué se sentiría tener treinta y uno y treinta y tantos?, ¿que empieza una a decaer? ¿que se hace vieja? Quién sabe qué sentí aquel día de mi cumpleaños porque, viviendo sin familia, procuraba pasar de largo aniversarios y fechas memorables, aunque lo que me pasó y no exactamente ese día, eso no lo olvidé: un ansia de verme en el espejo, de conservarme joven, de arreglarme en las mañanas con cuidado. No me había vuelto a enamorar y creía no importarme, era libre y entera para el cello. Había rezado mucho tiempo para encontrar marido y Dios no me escuchaba, pese a que era un padre dulce, clemente y bondadoso, como decían los curas. Pero no le guardaba rencor, de cualquier modo, *su presencia* era para mí sólo un dibujo vago, mientras que al Diablo sí lo vi, muchas veces metiéndose en mi vida y su cercanía por las noches me llenaba de frío, de deseos inconclusos, me perturbaba demasiado y nada podía ahuyentarlo salvo los pentagramas, por eso copiaba y copiaba notitas solas y enlazadas hasta el cansancio de muchas madrugadas.

Treinta y… algo de años. ¿Todavía joven? Como muchas mujeres, pero sin hijos; por tanto, sin historia. Sin una historia que pudo haberse iniciado en ese tiempo porque fue el momento de Emiliano Escolero, quien apareció en mi vida de repente. Sí, así fue. No tuve más que caminar desde mi casa hasta la tienda de abarrotes de la esquina para encontrarlo. Era hijo de un español exiliado por hambre al Nuevo Mundo y dedicado a vender vinos, licores dulces, latas de mariscos de otros mares, aceitunas, quesos, panes franceses y alemanes, chorizos… Lo había encontrado varias veces sin ver más que al tendero que me despachaba, pero él era tan amable conmigo que un día lo vi: guapo, regordete, con sus cuarenta y cuatro años apenas delatados por canas en las sienes y su acento español, de escandalosas eses y palabras golpeadas, empezó a llenarme la cabeza durante horas y días hasta que el romance surgió sin que ninguno de los dos supiera exactamente cómo. Fue así que aquello se convirtió para mí en una lenta y creciente resurrección, así supe que besos y caricias con amor eran algo del alma, como el arte y a causa de ese nuevo sentimiento comencé a olvidar mis noches de notas y de cello. Estudiaba, eso sí, continuaba siendo puntual en los ensayos porque era mi trabajo, pero primero mis hojas pautadas de las noches y luego mi cello-protector-marido-hermano-sombra de amor, fueron quedándose a un lado.

A ti también te amé, Emiliano, aunque de un nuevo modo; más bien, yo sólo a ti te quise. No eras Crispín Domínguez ni las ilusiones de aire con que quieren las niñas, porque a ti te deseaba y los escalofríos de mis tardes contigo me hicieron ver el mundo de otro modo; contigo logré situarme fuera del aura de los músicos, los compañeros míos y los pude ver sumidos en neurosis de sonidos, sin otra realidad que pentagramas, sin saber nada de músicas prohibidas.

Muy a tiempo noté que se acercaba el momento de ser por fin mujer de un solo hombre, con una casa compartida y niños mecidos en mis brazos. Pensé mucho en el cello en esos días, con tristeza reconocí que lo había olvidado un poco, aunque evocaba con emoción la música sola de mis ensayos y la música con sala de conciertos repleta de auditorio; allí veía las notas del concierto de Dvòrak para cello y orquesta, el que tocaba mi compañero, primer cello. Salían de la madera y de los cuerpos hacia arriba, hacia los lados, hacia adentro del alma, primero empezaba a tocar toda la orquesta, tranquilamente, como si no fuera a pasar nada extraordinario, y, cuando todos estaban engañados, entraba el cello, el de la dulce voz, el de las palabras graves, el del canto profundo que se extendía hasta todo, luego la orquesta lo abrazaba en su pecho y lo cobijaba para que estuviera con ella unos momentos, después volvía a desprenderse de los instrumentos y a lanzarse al espacio. Algún día, sí, algún día sería mi cello mismo, mi servil cello femenino el que resucitara a Dvórak e iba a ser la apoteosis, iba a ser mi pasado, presente y futuro, la Fortuna de coros medievales, iba a ser yo misma llenando de una nueva luz el aire.

No tenía que pensarlo en realidad, estaba decidido: tocaría el cello siempre. De cualquier modo yo era mujer distinta de las otras y era mujer amada como ellas. La posición económica de aquel novio me daría el modo de apoyarme en criadas y pilmamas para que anduviera en conciertos y ensayos. Tendría dos hijos nada más, con mis mismas aptitudes musicales y no sacarían del padre más que los grandes ojos claros y la sonrisa fácil. En ese tiempo yo era, ciertamente, parte de una nueva familia y a esa gente pensaba conocerla más que a la mía propia, porque en su hablar no había tapujos ni frases escondidas, se ventilaba todo abiertamente. Eran tan diferentes, sin embargo, a mí misma, a mis padres y hermanos; la madre gorda de Emiliano, quien hablaba hasta el cansancio con palabras gritadas, no se asemejaba en nada a la mía, amiga de silencios y rincones. La depresión se cura, me decía, con té de hojas de naranjo y trabajo en la casa, porque las dos cosas juntas te hacen sentir mujer viva de nuevo. Y el tejido, el tejido relaja los músculos y el alma. Fíjate bien: uno, dos, derecho, revés, una lazada y dos derechos y luego otra vez, dos puntos juntos y derecho y revés… Yo la veía con ojos y manos bien puestos en agujas y puntos, sus brazos gordos moviéndose como olas calientes y el tejido surgiendo de su persona entera como reivindicación ante la vida. Tampoco mis dos cuñadas tenían mucho que ver con hermanas perdidas en la provincia amarga, éstas eran de pueblo también, pero español, europeo, de otro modo, y allí y ahora eran de ciudad y así se comportaban. María del Sol era delgada y rubia, tenía veinte años y una desfachatez de modos muy ¿jovial?, ¿impertinente?, quién sabe, muy ajena, eso sí, a lo mío. María del Mar era mayor, tenía veintiocho años y un presagio funesto de soltera le cubría ya los párpados; era como la madre: regordeta y amable, pero no tan simple; se atrevía a pensar, a veces, en el mundo y en la vida. Ambas habían estudiado sólo la primaria y atendían el negocio familiar como todos en casa, acompañaban a ratos a su padre y al hermano en la tienda y a ratos a su madre en la casa; también bordaban, pero no manteles deformes por el punto de cruz como mis hermanas, sino mantillas y carpetas deshiladas, además, cocinaban guisos raros y hacían pasteles deliciosos al gusto y a la vista. Ésa era la familia.

Yo resultaba divertida para ellas, por extraña. Una mujer que había dejado a su gente para estudiar el cello en otra ciudad, las sorprendía, y el que no supiera de minucias femeninas les fascinaba porque se hicieron mis maestras en la moda y el vestir; yo aprendí dócilmente y me dejaba hacer ya que esos nuevos cambios me devolvían en el espejo una imagen lejana de mí misma y, por eso, agradable. Después de todo no era tan fea, pensaba, con este maquillaje que disimula lunares y verrugas y estos colores claros en los párpados que le dan más luz a la mirada. Una vez, componiéndome la cara al nuevo modo me acordé de mi hermano, un niñito de cinco o seis años que quería ser arrullado antes de dormir y encontraba siempre en mí los brazos prontos. Era el tiempo de Crispín Domínguez y el amor imposible, era tiempo de muerte porque el espanto de Ángel, el ahogado, me recorría de nuevo todo el cuerpo, me redondeaba las tristezas, me hacía un atado de angustias, culpa y sufrimiento. Las canciones de cuna para Teófilo eran cantos de amor y pena, de declaraciones en el viento. Frente al espejo de los maquillajes recordé aquella noche en que, después de dos boleros y tres canciones de borrachos, Teofilito seguía despierto, viéndome. Yo me sentía cansada, estaba blanquecina, las madejas de pelo me caían en desorden por la cara y los hombros y unas ojeras muy marcadas me habían hecho los ojos como dos rayas de agua. Quise llevarlo a su cama…

- No me lleves, Escala, no tengo sueño. Te estoy mirando.

-¿Qué me ves, Teofilito? Estoy muy fea, cierra los ojos y duérmete.

- Te estoy contando los lunares de la cara, tienes veintisiete y medio, porque hay uno chiquito en la punta de tu nariz que es medio, pero hay unos grandes que valen por dos o por tres. ¿Por qué cierras ojos?, ¿por qué aprietas las pestañas?, ¿por qué lloras?, con las lágrimas se te ven los lunares como piedritas adentro y a la orilla de unos ríos.

- Es que son horribles, son muy feos, Teofilito, ya no me digas eso y nunca en tu vida vuelvas a contarme los lunares ni le digas a nadie cuántos tengo.

- No Escalita, se te ven muy bonitos. Yo quisiera tenerlos, tu cara es como cuando Dios salpicó estrellas en el cielo, pero si no quieres no los cuento más ni se lo cuento a nadie. Dame un beso y cántame otra vez, ya no llores, si hasta hay canciones de lunares…*cielito lindo, junto a la boca*, pero si no te gusta no me la cantes nunca. Teofilito, *cielito lindo*, ¿qué dirías ahora si me vieras tapando las estrellas de mi cara?, *junto a la boca.*

Yo trataba de aprender todo con presteza, como para recuperar el tiempo de fealdad en que me supe inmersa siempre, pero no era lo mismo vestir mis faldas sobrias y anticuadas con blusas pálidas, tan combinables, que tener que elegir las cuentas rojas o verdes para el cuello o la mascada en arcoíris que debía armonizar con los zapatos. Cuantas veces fallaba en mis lecciones tenía que soportar con ánimos las risas españolas de mi nueva familia, que pasaba revista a mis atuendos. Me disculpaba entonces dócilmente: tenía prisa, no me acordé de la falda con tablones... *¡Joder!, que no me has comprendido, debes cubrir tus piernas tan delgadas*, mis piernas ya no tienen remedio, *con tela, tía, con tela, con olanes, volantes, vuelos largos*, ¿y si me veo chaparra?, ¿y los tacones altos? Me caigo al caminar. *¡Mi mare! ¡vamos!, a ensayar caminados con tacones...* Y ahí andaba, caminando pasillos y escalones con zapatillas puntiagudas, como bailarina torpe; me convertía en modelo, en mujerzuela, en muñeca de plástico, en todo podía volverme ahora que tenía tiempo libre: el de las labores de copista; pero rara vez pensaba en ello pues no sentía necesidad de asociar el alma con frases musicales, mi alma andaba en otra parte y las hojas con notas estaban también quién sabe dónde, en una larga espera.

Había un detalle más: las cosas de la casa. Un día mi ignorancia tuvo que salir a flote allí precisamente, delante del papá, a quien yo temía por ser el jefe de familia, el hombre. Y no era tan temible el viejo, hablaba a gritos y palabrotas como todos; pero era amable y me veía con buenos ojos, le parecía que yo era el objeto tanto tiempo deseado para que Emiliano sentara por fin cabeza, lo llenara de nietos y se ocupara él solo de la tienda. No me encontraba bonita porque no era, pero sí en buena forma y hasta envidiaba al hijo tanto, que no reparaba en los abrazos prolongados que me daba ni en las caricias nada paternales que me prodigaba cada vez que podía. A mí el viejo me daba repugnancia y a veces lástima. Sabía que me deseaba. Le notaba los ojitos húmedos de borrego mirándome las piernas. Todos eran iguales, como decía mi madre: "...de cualquier modo sacuden al sol las plumas sucias de placer y quedan como nuevos, hasta se creen más hombres".

Aquella tarde tomábamos café en la sala. Era un domingo y habíamos comido en familia como cada semana. Emiliano y yo, sentados muy juntos y el tema era la boda. El ambiente era tenso con apariencia de tranquilo. Emiliano había puesto música de Mozart en el tocadiscos, de la mía, para tenerme complacida aunque a su madre la aburriera y la incitara al sueño. La melodía se hallaba en los sillones y en el café caliente; las notas eran, para mí, brisa suave en medio de tormenta, puerto seguro. Emiliano y su padre hablaban de dinero, como siempre, yo con la madre del vestido de novia, del velo, de la música… *puerto seguro, puerta de escape en la tormenta*. El padre interrumpió de pronto, dirigiéndose a mí:

-Bueno, y… ¿tenéis dote?, ¿con qué contáis para casaros?, ¿quién va a pagar la comida, la fiesta y todo eso?

-No tengo nada, padre, mi familia es pobre. Yo me mantengo sola, lo único que puedo ofrecer a este convenio es que quiero a Emiliano.

Desde su cara agria el viejo tosió, tensó más el ambiente con nubes de catástrofe *tormenta*, con desaprobación, dejó pasar los minutos *notas en medio de tormenta* y por fin, sonrió. Él ya sabía todo eso, que él lo pagaba todo, que la novia era pobre y estaba apetitosa y por eso había lanzado la ofensa, para humillarla. La madre aprovechó el momento de nueva calma y entró al juego: "Es muy buena mujer esta María Escala, sabe guisar, coser, bordar, llevar bien una casa, organizar, sabrá tener los hijos bien cuidados…"

No, la verdad es que no sé tanto. Mi madre se empeñó en enseñarme muchas cosas, pero nunca aprendí; es que era la menor, me consentía, me tapaba las faltas y como quise ser cellista no practiqué esas labores, me dediqué a estudiar y luego a trabajar en la orquesta. Sé comprar pan, comprar leche, hacer un chocolate delicioso, tender la cama, barrer, lavar mi ropa y nada más. Yo no quiero mentirle, no soy mujer como las otras. "Pero ¿queréis aprender? Emiliano necesita una mujer". El miedo, el incontenible pavor de verme nuevamente a solas chorreaba en el aire con la música de Mozart. Sí madre, voy a aprender. "Aprenderás, hija, aprenderás. Si tu madre no pudo en veinte años y no he podido yo en estos meses, vas a encontrarte a la gran educadora, la gran maestra, es otra madre, mujer como nosotras y siempre llega de uno u otro modo. Se llama María Necesidad".

Ne-ce-si-dad. Necesidad ¿de qué?, de hornear flanes de huevo, de almidonar las sábanas del lecho, de hacer potajes de alubias y chorizos. Si necesitar es algo que le surge a uno por carencia, ¿en dónde estaba necesitar tocar?, ¿necesitar fundirse con el cello?, ¿necesitar copiar miles de notas en noches de conjuro? El miedo-pánico-terror de ser soltera para siempre me invadía las entrañas, me penetraba hasta los huesos más que la música de Mozart, más que las voces de *Carmina Burana*, más que todas las cuerdas de todas las orquestas gritando juntas. Las voces sí, las de *Carmina Burana*, ¡cuántas noches me habían acorralado! ¡cuántas veces a solas en mi casa las había invocado para gritarle a Dios, a la Fortuna, al Destino! Cuánta falta me hacían en aquel lugar extraño y al frente del futuro...*Iam liquescit-et-decrecit-grando, nix et cetera...* Sí madre, aprenderé. Todo: a guisar, a planchar, también haré mantillas que me enmarquen lo más bello del rostro cuando vaya a la iglesia y sábanas deshiladas para la cama de su hijo...*qui conantur-ut-utantur-premio Cupidinis...*

Emiliano escuchaba con agrado. Él no sabía del miedo del momento, pensaba que mis lágrimas contenidas eran de gozo, de sano temor ante una vida nueva. No sospechaba en esa tarde de coros escondidos que yo tenía otros planes, que todo aquello que decía no era sincero, que decidí mentir por mientras, por la presión helada de sus padres, por el pavor. El me soñaba señora, hacedora de postres y de niños, más hermosa que otras por la exquisitez de mis manos acostumbradas a hacer sonidos bellos, por la dulzura de mirada perdida que él me había visto en los conciertos, por la pasión febril y sudorosa de mi cuerpo en la música. Me adivinaba ya con todo junto y sin el cello. No lo hablamos a tiempo, perdidos como estábamos en juguetear desnudos a que nos tocábamos primero con los ojos, después sólo con las yemas de los dedos y después con el cuerpo entero y el alma. Yo dejé que se fueran enterrando las palabras en un futuro sin deslindes claros porque estuve aterrada de pensar en algún nuevo día ya sin ti. Mi cello lo supo y callaba, ninguna de sus notas delató una amenaza, nunca sus cuerdas me advirtieron de nada; me fue fiel a pesar de tanta ausencia en su madera y no pude apreciarlo, aunque lo fui queriendo más, sin darme cuenta.

Al día siguiente llegó la confirmación del acuerdo entre los dos, a solas, sin Mozart y sin coros, sin madre, sin pavor: sí amor, sí voy a ser tu esposa, sí vamos a mi pueblo para hablar con mi padre, sí fijamos la fecha de la boda. Te amo, te amo, te amo. No era aquella una tarde como la había planeado en los intentos mudos de mi vano discurso, no había sol entre nubes ni silencio en la calle. Soplaba un viento oscuro que levantaba grandes olas de polvo y abajo, un griterío de muchachos jugando a la pelota, entorpecía las palabras; pero las dije, una por una, como las había pensado, porque si no era esta vez, ya no era nunca.

- ¿Sabes? Yo te quiero y no debes dudarlo, pero es necesario que tú comprendas bien que yo no soy mujer de casa…

Emiliano me quiso interrumpir rebatiéndome ya lo que decía, pero yo, serenamente fría, lo obligué a callar.

-…escucha hasta el final. Yo soy artista, vivo de domar las cuerdas para revivir notas muertas y… y no puedo dejar de hacerlo. Al casarme contigo sólo dejaré de ser soltera, pero seré siempre cellista.

No pudo oír más, su arrebato lo puso en pie frente a mí y sonrió, no queriendo escuchar lo escuchado fue amable: "deja de pensar en tonterías que te enredan la mente. Eres mujer, no me molesta que no lo seas completamente, pero ya aprenderás. Quita esa cara y ese ceño fruncido, vamos a amarnos más, todos los días; tendremos cuatro o cinco críos y tú serás la reina del hogar, vas a estar muy feliz organizando todo, haciendo compras a tu gusto y hasta habrás hecho mis guisos favoritos para esperarme cada noche. Soy un hombre cabal y tengo que sacarte ya de trabajar". ¿Y mi cello?, ¿no habías pensado en eso? "¡Claro, mujer! con tu cello partido en tres pedazos vamos a hacer la lumbre del puchero".

Ya nada dije. Lo dejé terminar, dejé que me besara y que fijara él solo la fecha de la boda. También dejé que saliera cantando por la puerta que no volvió a cruzar. Empaqué mis cosas esa misma noche y en un solo día siguiente encontré otro lugar para vivir, completamente lejos del tendajo español y los recuerdos.

La historia de Amor

Cuando murió mi madre, Don Teófilo y sus hijas se trajeron el pueblo a la ciudad. Compraron una casa con dos patios para seguir la cría de animales y al frente le adaptaron la tiendita que atendían mis hermanas. Éstas muy pronto se hicieron populares, vendían al barrio entero telas, medias, listones, pañuelos, dulces hechos en casa y pan de huevo. También cultivaban sus artes de modistas y hacían vestidos para fiestas religiosas: bodas y primeras comuniones en organza, trajecitos brillantes de acólitos en tafetán azul y rojo y vestidos de tiras bordadas para niñas que ofrecían flores en la iglesia en el mes de la Virgen. Volví a encontrar a mis hermanas y a ti, papá, que me mirabas siempre con ojos de espanto y de reproche, soporté tu presencia calcinante porque, a pesar de tanta distancia con los míos, necesitaba ver mi propia existencia en rostros familiares, atados también a un destino similar al mío. Estabas igual que siempre: grande, fuerte, ni más joven ni más viejo, tenías las mismas canas en el pelo, la misma arruga dura arriba de los ojos y tenías también a María, tu nueva esposa.

Como era de esperarse, María era una buena mujer, ni sucia ni floja en los quehaceres, paciente, resignada y sumisa, también era fea, bajita, desbordada de carnes, como mujer para guardarse en casa; pasaba el día velando el pensamiento de su esposo para tratar de darle el gusto que jamás consiguió. Se portaba amable y servicial con mis hermanas, pero éstas la aceptaban a fuerzas porque era una ofensa al recuerdo de mamá, era una sustitución imperdonable, aunque la ley católica lo tuviera previsto en caso de viudez y aunque el cura del pueblo la hubiera bendecido también. Te volviste a casar, papá, y yo acá sin saberlo.

Yo sola tuve que enfrentarme a la noticia y a la misma María cuando me la encontré en tu casa. Mis hermanas no tuvieron que decirme nada para que yo entendiera y apoyara su rabia. Allá en el pueblo debes haberle dado la misma cama de mi madre y también la habrás soltado en la cocina y en la casa entera para que siguiera repitiendo los guisos, los atoles, las tortillas, y para que otras manos mancillaran su fogón, sus cacharros, su plancha, sus costuras. No tuviste razón, por eso Teófilo se fue el mismo día de tu boda y si está en la ciudad trabajando, como dijo, yo no lo sé, ni tú tampoco. Sólo sabes que tienes tu mundo acomodado, tu servicio completo: dos hijas hacendosas y una tibia mujer para tus noches de deseo. No sospechas que te estás haciendo viejo, aunque no se te note, porque la sangre de tu cuerpo se oye más lenta y la mirada se te ha ido pudriendo poco a poco.

Mis hermanas se habían encanecido y arrugado, siempre en aras de su orgullo de vírgenes. Eran mordaces, tensas, hirientes... pero rezaban mucho. La soltera mayor tenía un modelo: María Monja y la otra, a mí. Sin embargo, a ninguna de las dos las habían sacudido hasta la entrega misma ni la vida mística ni el arte, jamás habían deseado nada raro en la vida, por eso se sabían felices y tranquilas.

Un domingo fui invitada a comer a la casa porque había una novedad, una sorpresa que se llamaba Teófilo el hermano. Había aparecido un día antes buscándote, papá, y te encontró en la casa nueva sentado al sol y a María en la cocina. El patio lleno de macetas daba una luz distinta a aquellas mismas cosas de la casa del pueblo, las mismas ropas en los tendederos, las mismas cubetas, las mismas sillas tenían un aire diferente, apacible. Él, por fin, te comprendió, ¿por qué no? si estaba a unos cuantos meses de ser hombre casado; podía apreciar el dulce sentimiento que da una mujer al lado atendiendo, sirviendo. Si no estaba su madre, estaba otra contigo y eso fue lo que dijo. Lo adivino, papá: arrimó una silla para sentarse enfrente de ti, te debe haber quitado de la cara con cuidado el sombrero y antes de que despertaras totalmente ya te lo había dicho: "Me da gusto, papá. Me da gusto verte bien. ¡Qué bueno que te casaste con María!" Si algo había venerable para ti, Don Teófilo, sagrado, intocable, era tu hijo. La sorpresa debe de haberte dejado mudo, te veo viéndolo impasible, sonriente, tomándole las manos entre las tuyas. Luego oíste la historia de la novia, de su trabajo y estudios, de sus planes futuros y de todo lo que quiso él contarte, luego también, aceptaste el día siguiente como fecha oficial para presentar a la nueva mujer de la familia.

María Amor era realmente muy hermosa, de piel blanquísima y grandes ojos asustados, además, usaba la ropa más moderna y elegante que jamás habían visto sus cuñadas, porque venía de un pueblo fronterizo con Estados Unidos y allá, en el otro país, se había educado. Conocía de memoria la gramática inglesa de los primeros grados escolares y cantaba mejor el himno gringo que el de los mexicanos. Pero, a pesar de tus gracias extranjeras, te vi tan torpe y abatida, bastó una conversación con mis hermanas aquel domingo, ¿te acuerdas? el tema obligado: labores femeninas y te reconocí tan inútil como lo era yo misma. Sólo eso bastó, eso me decidió a querer ser tu amiga, y tú no lo sabes, pero le robé al cello muchas tardes para confiarte cosas, con frecuencia te encontraba en el costurero de los rezos, presidido por la soltera mayor. Estabas dócilmente allí, con ellas, aprendiendo a coser, a cortar faldas y camisas y a preparar tu ajuar con carpetas de gancho y sábanas bordadas. María Amor... *Amor*...¡vaya que te quedaba el nombre! Amor-a-Teófilo-mi hermano. Lo amabas tanto como para negar las lágrimas que tu torpeza de mujer te causaba. No habías aprendido qué cosa era una aguja y qué unos hilos -tu madre te cosía- ni cuál era la jerga y cuál la escoba -tu abuela te limpiaba- ni menos si la sopa y los panes se preparan en horas o en semanas; tú trabajabas, sabías tomar dictado y mecanografiarlo, sabías que la dureza de trabajar en una empresa te había regalado, a cambio, al hombre ideal. Te vi morderte los labios muchas veces ante las necedades de mis hermanas, que todo te enseñaban con el acompañamiento eterno del reproche: "poca mujer, qué vergonzoso, pobre de Teófilo contigo".

Y aguantabas, a la espera de no sé qué, ¿de una vida distinta?, pobre tonta, si te ibas sumergiendo sin sentirlo en el agujero negro y exclusivamente femenino del nuevo mundo de la boda.

Tú te identificabas conmigo, aunque yo, ¡claro! siempre era disculpada, "porque es artista, toca el cello, se dedica a la música, lee libros gruesos de arte". No era lo mismo andar así por esta vida sin saber ni una labor de dama ni un solfeo de estudiante de primaria. Sin embargo, al cabo de unos cuantos meses era innegable nuestra amistad, aunque éramos opuestas. Había una sola regla que ambas intuimos para el juego: no ver. Yo era ciega a tu mente pequeña que añoraba un estatus de señora y tú negabas darte cuenta de mis devaneos con tantos hombres. Éramos sólo una mujer y otra mujer. Y hablábamos del amor y percibía yo tu lástima hacia mí. Entendí por qué a Teófilo mi hermano no le importaba que no supieras nada de la casa. Recordaba a Emiliano, quien no veía más allá de mis labios, mi cara, mis pechos y mi vientre añorante. Tú querías para mí un esposo modelo, un amante hogareño, me lo decías y yo te sonreía por tus buenos deseos. Y en deseos se quedaban; para no maltratarlos hablábamos de modas, de países lejanos, de libros de cocina, de nada, y de todo quizás.

Para el día de la boda mandaste traer a tu familia: madre, hermana y abuela, y con ellas vinieron el vestido de corte americano, el tocado especial en tono *ivory* y tantos útiles regalos de tus amigas ya lejanas: sartenes y ollas de las mejores marcas gringas, recetarios de *cakes an meats* para principiantes, sábanas *wash-and-wear* y hasta aparatos eléctricos modernos y garantizados por serias compañías norteamericanas. Llegaron en el tren con cargamento de mudanza y, al envolverte de nuevo en el aroma de *mexicans* a medias, no te diste cuenta del desprecio que le hiciste al vestido de novia pueblerina que habían cosido mis hermanas y a tantos trapitos de cocina que bordaron en tardes de sermones. Yo me percaté de aquello y tuve que callarme, estabas tan feliz que me dio pena lastimarte.

Pensé en lo que me habías contado de tu madre, que era hosca contigo, gruñona y que no te quería; pero la lejanía, María Amor, vuelve todo al revés y tú no lo sabías. Te vi abrazarla, besarla muchas veces, acariciar su cara y a ella la vi gustosa arreglándote el día de la boda; también vi a mis hermanas regalar el vestido que te hicieron a una novia cualquiera que apareció en la tienda y le dieron también un paquetito de trapos y carpetas. Con la novia extraña se fueron para siempre sus labores manuales y el incipiente cariño que creían tenerte. Después del alboroto de la boda, María Amor, te viste sola, lejos de afectos familiares y te quedaste anclada felizmente a tu marido, pronto encontraste en él al padre amado y bueno que antes tuviste. El amor, María Amor, se te veía en los ojos todavía unos meses después cuando anunciaste estar embarazada y empezaste a vivir en carne propia todo lo aprendido: la náusea, los ascos, el rechazo al marido-padre-amo arrojado en vómitos continuos. Mis hermanas, entonces, vieron de nuevo el lugar propicio para los regaños, mucho peores, ya sin modales que los contuvieran: "Cállate, si no paras tus quejas Dios va a castigarte y serás la causante del mal de tu criatura, te va a salir deforme por tanto grito, te va a salir con labio leporino por tanto vómito, te va a salir tullido por dejar de comer, ¿qué no entiendes, no sabes que hay que sufrir aquí el Purgatorio?

El Purgatorio... y el Cielo, ¿cuándo? la esposa de Don Teófilo, madre de cinco vivos y tres muertos, tú, mamá, jamás te habías quejado para no desatar la cólera divina. Sólo ya en la agonía te olvidaste de tantas reglas religiosas y reventaste en aullidos con la matriz pudriéndose en vapores y hediondas carnes que se desgajaban, el médico les dijo a mis hermanos que no había más remedio que morfina para callar al cuerpo y al espíritu y que ya no había manera de volverte a la vida. Tú lo sabías y en silencio viste salir a Teófilo corriendo a conseguir el remedio y a tus hijas corriendo también, para traer al cura. Llegaron juntos: la inyección y el auxilio divino y entro éste primero a socorrerte, a abrirte las puertas de la Gloria. Dentro del cuarto las oraciones iban y venían, las súplicas al Dios callado y quieto, las promesas, las fórmulas y tú, mamá, deshaciéndote, aunque subiera el tono de los rezos y trajeran aceites para la Extremaunción. No mejorabas, los mirabas con enormes ojos cada vez que el dolor se te iba por instantes y volvías a caer en tus sopores y en quejidos tan largos que te dejaban agotada. Y yo tan lejos, mamá, yo sin saberlo. Dicen que el cura, preocupado, se iluminó de pronto y dijo: "le falta el Purgatorio, ya no más medicinas, hay que sufrir para llegar al cielo limpios, gracias a Dios que nos hemos dado cuenta a tiempo". Sacó a todos del cuarto y cerró la puerta para dejarte a solas con tu agonía inconclusa. Empezaron a pasar las horas de ese día hasta que fue la noche, tus hijas lloraban por todos los rincones y gritaban más fuerte que tú, pero no se atrevieron a desobedecer el mandato divino. Cuando tus gemidos se fueron espaciando por falta de voz, entró Teófilo a escondidas y te inyectó la droga. No ahogó las lágrimas ni las promesas: "yo te hago el Purgatorio que te toque, yo me echo encima todo lo que pase, muérete en paz, mamá, yo te abro el Cielo desde ahora".

Ya sabías esa historia, María Amor, a ti te la contó Teófilo como a mí y sé que pensabas que era mejor vivir como en el norte, sin tanto cura y tanta telaraña en la cabeza. Tú sí tratabas de evitarte el Purgatorio, lo que no podías evitar era que cada día que te llevaba al parto fuera una sombra hueca que arrastrabas. El parto, te había dicho tu abuela, es que partes en dos a una mujer para que salga aquel pedazo sucio de sus carnes y le demande a gritos su pavor de verse allí arrojado a todo el frío y la luz. Te callabas tus miedos por no oír más regaños, la amarga crítica de dos viejas resecas que habrían sabido todo menos de la conmoción de un hombre entre su cuerpo y del movimiento de unas manos pequeñas allá adentro y de una cabeza chica encajada en el vientre, soñando con su madre mientras le oye la voz y el ritmo lento de su sangre. Pero eso era el romance con el hijo y no lo era todo, las piernas se te hinchaban, estabas gorda, horrible, no te vestías a ninguna moda y lo peor de todo es que querías morirte a ratos, para no sentir más. Yo observaba e iba guardando aquello en la memoria: los últimos días del embarazo, el día del parto, la eterna cuarentena con la madre ojerosa y acabada, siempre en vela, con la cría enchufada a los pechos cansados y sangrantes.

Cuando naciste, María Clave, te amé a pesar de tanta queja de tu madre sobre la carga que eras y te seguí de cerca porque, no obstante tus berridos y tu carácter tan huraño, habías vuelto a ser Angelito entre mis brazos. Te envidié, María Amor, por tu regazo lleno que no apreciabas. No podías ver más allá de tus afanes de abnegada madre y también que María Clave fue una niña y no un niño como tu esposo quería. Con el paso del tiempo y tus quehaceres ya casi no nos veíamos. Tú no estabas tan segura de tu dicha como para seguir queriendo convencerme de casarme con un hombre decente como el tuyo. Nada más te quejabas, habías tejido un mundo de reproches del que sacabas cada tarde cascadas de palabras histéricas para aventarle a Teófilo en la cara. Acababas llorando por las noches, a solas en tu cuarto, y no tenías que decírmelo, yo lo sabía, tu marido era cada vez más ausente y más extraño, la distancia entre nosotras ya estaba perfilada por un abismo de rutinas contrarias: cambiar pañales-copiar la sinfonía, hervir mamilas-correr a los ensayos, hacer papillas-tocar en dos funciones, lavar camisas-cenar con el oboe, ir al mercado cargando con la niña-ir con el cello a casa del violín. Y aquel amor a Teófilo, ¿qué era?, ¿qué fue desde el principio? Se te veía en los ojos que habías sido ultrajada. Le habías entregado el alma, el corazón... y el cuerpo, sonriendo a medias en la cama mientras hacían amor, sin emoción alguna de tu parte, con un asco convulso al hombre penetrante que te lastimaba hasta las lágrimas. Siempre estabas indispuesta, ofrendando en amor dolores de cabeza y de espalda, mareos y sueño. Con qué razón decían las monjas de tu escuela de niña que eso era algo asqueroso, que la mujer debía sufrir a favor de la vida de los hijos futuros. Con qué razón le llamaban pecado a ese acto, lujuria, perdición... con qué dolor habías encontrado, María Amor, tan ciertas sus palabras.

Una tarde de estudio y lluvia terca, una tarde igual que tantas para mí, tarde sagrada de Mozart y Vivaldi, llegaste a buscarme entre hipos y gritos. Tocaste la puerta a golpes y descompusiste sueños y notas en tu angustia. Te veo de nuevo como entonces: venías desencajada. No había quién te escuchara en ese mundo hostil de tu nueva familia y amigas no tenías por estar siempre metida en tantos ritos de mujer casada. Yo lo sabía y te abrí, aunque estaba cansada de tu neurosis, aunque hubiera aprendido de ti la historia del amor con un final de boda y eso me bastara; sin embargo, tuve que oír aún dos últimos acordes destemplados esa tarde: mi marido me engaña y estoy de nuevo embarazada.

Tonta, tontísima. Si no podías ver más allá de tus narices, ¿cómo pensabas que iba yo a seguir siendo tu amiga? Confieso que fui siempre así con mis afectos: te quiero hoy y si mañana no, ya no vuelvo a quererte. Gozaste de la misma suerte, María Amor, que tantos otros en mi vida. Pero eras noble y me seguiste buscando y a veces te llamé y abrí las puertas de mi casa para ti, porque te necesitaba. De cualquier modo, a mí tampoco me comprendieron nunca mis hermanos y tú sí, dentro de tantos límites como tenías.

Concierto

La clave

Cuando ya estaba llegando para mí el tiempo de ser una cellista jubilada, el pensamiento me aterraba; pero al fin y al cabo podía ahogarme todavía en mis rutinas de trabajo y de vida: correr cortinas de la sala en la mañana, después café con pan tostado, estudio a solas, ensayo acompañado, Mozart y Stravinsky, comida a solas, estudio en casa, Ravel, Beethoven y otros muchos, merienda de pan con chocolate o de vino y cigarro, hojas pautadas para copiar las notas y horas de insomnio cada vez más largas para acordarme de la angustia.

En ese tiempo pensaba mucho en María Clave. Tú fuiste una niña hermosa, muy parecida a María Amor en los rasgos finísimos, pero con un carácter fuerte, indomable, igual a Teófilo tu padre y, no podía negarse, también a Teófilo tu abuelo. Mientras, tu madre se iba convirtiendo en una muerta aferrada a la vida con listones de miles de quehaceres inventados. María Amor te encontraba preciosa, pero extraña. Te gustaba soñar, lo sé muy bien, buscabas constantemente libros y música y además, me amabas; desde pequeña te construiste un refugio propio en mi casa, la casa tuya, mi casa nueva, María Clave, en donde yo no me atrevía más que a simular tu espacio con una cama de visitas, un cello a tu tamaño y un atril a tu altura. ¿Por qué tenían que arrebatarte de mi lado los domingos, después de haber pasado juntas los dos días de fin de semana? ¿por qué no me dejaron educarte conmigo y en la mejor escuela? ¿por qué ibas con tu tía Escala a todas partes, como una damita, y después la abandonabas feliz, chillando como chivo chiquito junto a tus hermanos? Hubiera sido otra nuestra vida, María Clave, tan tonta, tan ingrata.

No podrías haber negado que en mi casa encontrabas una música propia, no compartible como tus juguetes, tu ropa, tu abuelita, tu misma cama. Tu padre y tu madre eran de cuatro, en cambio, yo era sólo tuya.

Habías encontrado además, en tanta convivencia, que yo podía ser una madre buena; sabías que te soñaba como a la hija propia, sentada al piano o a la espalda de un cello, hablando con cuerdas y con teclas. Pero mi realidad de mujer, ya más vieja que joven, era la del tiempo acumulándose; mis ansias maternales tuvieron que ir siendo sepultadas con años y con lustros hasta que supe, en unos meses, que mi vientre de madre se secaba y la falta de amor entre mis carnes en vez de hijos, me engendró tumores.

 Consciente estaba de que me mantenían viva los rencores, sobre todo el primero: el odio ancestral para Don Teófilo, que compartías conmigo. Aquel papá de tu papá, que era tu abuelo llegaba cada mes, cada semana, cada año a instalarse en tu casa, con el sombrero de hongo grande que tuvo siempre en la cabeza. La vida entonces tomaba unos horarios y unas normas: el agua de limón en las mañanas, caliente porque es para la tos, la comida picosa al mediodía, mucho pan, muchas tortillas, para rellenar el roble de su cuerpo; el silencio a las cinco porque el abuelo duerme, tú y tus hermanos al patio, a jugar a los mudos en el cuarto de juguetes, a fingirse espantos quietos. La merienda callada porque el abuelo no habla y las noches tempranas, sin luz de lamparitas ni cuentos debajo de la almohada, todo calmo y nublado porque el abuelo reza. Con él iba María y andaba atrás del viejo todo el día; era ayudante en la cocina, lavandera en la casa, zurcidora de ropa de los niños, era todo eso pero no una abuelita. Era la nana de los nietos de Teófilo: nana, nanita, porque los niños no estaban enterados de la vergüenza oculta: ser segunda mujer, como segundo cello, como segundo frente, como segundo embarazo. La abuela era la de la foto del cuarto de tu padre, la pequeñita y seria, la viejita callada del papel con un vidrio. El abuelo era un hombre que prefería a los hombres sin ocultarlo ante las nietas. Para tus dos primos iban a ser las cuentas en el banco cuando él muriera, los botes con monedas de oro puro, el reloj de bolsillo con la cadena larga y la escopeta. Para las niñas nada, que les dé su marido cuando tengan, que para eso los hombres trabajan y las mujeres a cuidar los hijos, a hacer casa al esposo, a lidiar con sirvientas y quehaceres, a subirle al abuelo té de tila para los corajes, té de limón para limpiar las tripas y el café con leche en un platito, como sopa mugrosa, con cuchara y pan blanco en migajitas.

Recuerdo que empezaste a aborrecerlo una mañana con las manos ardiendo de la tacita de hojas de naranjo, ibas bailando para hacer menos pesada tanta obligación: "tu té, abuelito, ¡ay!, me caigo... te salpiqué el sombrero y la cara y los brazos, te quemaste todito..." Después del té arriba del abuelo vino el rencor helado por estrenar paliza de bastón, regaño y gritos: "¡ah! viejas tontas, mujeres imperfectas, niñas taradas, no saben nada y así piensan tener un día los hijos y creen que podrán educar a las criadas del pueblo que mejor no comen, pero no trabajan, que mientras buscan a quien las mantenga engañan viejas bobas como ustedes, ¿quién te dijo que la comida se trae con pasitos de baile? ¿dónde está tu nana? ¿a dónde fue a meterse con tu madre?, han de pensar que debo levantarme para traer mis cosas".

A ti se te ocurrió matarlo simplemente, con un solo trancazo en la escalera. Si el abuelo rodaba en el patín le quedaría la cabeza en algún filo de escalón y las piernas, como dos grandes ballenas atoradas y, hasta luego señor, hasta el otro lado, el de la muerte, cuando te encuentre y ya no me conozcas ni sea yo esta niña sino vieja arrugada como tú. Al fin y al cabo, pensabas que los muertos eran como dormidos nada más. Ese día, Don Teófilo rodó muy tempranito, porque en su cuarto había té de anís, taza y plato, dos cucharas chiquitas para la miel y para el agua tibia, los limones, la pomada del pecho... pero no había ni un vaso, las niñitas tontas olvidaron llevarlos. Era todavía la madrugada, estaba todo oscuro y María, arrebujada en un rincón de la cama, no podía despertarse a pesar de las sacudidas que le daba el marido. Todo, exactamente todo como lo habías previsto, María Clave, conocías bien al viejo desesperado y al sueño pesado de María.

Bajó el hombre a la cocina, como gran monumento, con su tos de volcán y allí quedó tirado y en silencio tras el temblor de tierra con patín, porque el silbido del pecho le ahogó las palabras y los gritos. Bajaste corriendo antes que nadie, viste la sangre y tu estremecimiento ante la muerte le devolvió la vida al viejo, entonces resucitó Don Teófilo de la escalera, subió de nuevo al aire gastado de su altura, se puso en pie, necesitó una venda en la cabeza, yeso en la pierna, muchas pomadas, dieciocho medicinas diferentes para tragarlas despacio todo el día, más té de tila, menos pasos, y se quedó anclado allí en su cuarto con un nuevo rencor en las entrañas. Te castigaron duramente porque tu desorden había llegado al colmo, los patines se guardan con todos los juguetes, no se dejan tirados; pudo haber muerto, te decían, pudo haber muerto, pensaba tu mamá, quien no se había creído el cuento de tu olvido; te conocía, eras igual que yo: igualita a tu tía.

Por supuesto, yo no te regañé, no lo olvides. No te dije ni sí, ni no, ni nada, cuando supe la historia, sólo te seguí llevando conmigo a todas partes y tú insististe mucho en ese tiempo en vivir a mi lado cada vez que podías y hasta accediste, en las siguientes vacaciones, a visitar conmigo el pueblo para llevar flores a la tumba de la abuela. Fuimos en tren, con ritmo de metrónomo y olor podrido de gente pobre oreada al viento, y en tren vinimos de regreso hundidas en pensamientos, silenciosas. Una nostalgia absurda me llevó de regreso a aquel lugar. Quería volver a ver, ¿a ver qué?, la casa que tuvimos, la escuela, los caminos que a diario recorría, la iglesia y las tumbas de los muertos; pero no hubiera podido ir sola, eso era demasiado, y te llevé conmigo, como si fueras mía. Me percaté de tus azoros, María Clave, en casi todos los lugares por los que anduvimos, calladamente sonreías, como niña educada, pero fruncías el ceño y abrías desmesuradamente los ojos, ¿te habrá gustado el pueblo?

- ¿Qué te gustó más, mi niña?

- Todo, tía: los helados, los tamales de elote, la campana del cura y... todo lo que vi...

(Lo que vi y no te cuento, un mercado mugroso donde te saludaban las viejas de rebozo y una escuelita antigua con bancas rotas. No me gustó tu pueblo, tía, no hay nada, no hay tranvía ni teléfonos; no hay calles grandes para coches, son caminos polvosos por donde vas junto a vacas y borregos. Dicen mi mamá y mi abuela que eso es de pueblos atrasados, que no se han civilizado. ¡Pobrecita de ti y de mi papá y de mis otras tías!, con razón están tan amargados)

- ¿Vas a volver otra vez a acompañarme?

- ¿Para qué quieres volver?

- Para traer más flores a tu abuela.

Para volverme a lastimar con el recuerdo, con el olor de establo y con Crispín Domínguez y su hermosa familia. Para dejarte más y más flores, mamá, otra sesión de lágrimas y adiós. No pude nunca remediarte nada, no te pude enseñar que el mundo era tan grande y quizás fue mejor, te hubiera dado vértigo. De todos modos ya lo sabes hoy donde te encuentres y sabes más que yo.

Seguiste por algún tiempo, María Clave, pasando todos los fines de semana conmigo y aquel amor cansado y viejo que desbordaba yo en ti nos llenaba a las dos. Me lo aguantabas todo: mis remilgos de beata renegada, mis mañas de soltera, mis inclemencias hormonales, mi ritmo y mis ensayos de orquesta.

Contigo aprendí tía, a fuerzas, eso sí ni negarlo, el nombre y el sonido de los instrumentos musicales y me acabó gustando porque jugaba a solas. Veía bailar en el espacio, cuando los escuchaba, al oboe rubio y delgado que le daba las manos a las violas, unas viejas, otras hombres gorditos y otras, mujeres estiradas; después iban todos por los violines respetables y andaban abrazados queriendo dar de brincos en la mismísima sala del Palacio de Bellas Artes. Me gustaba verlos y escucharlos, los disfruté mucho hasta esa mañana en que tuve que vivir de lleno el aborto del encanto.

La música empezaba a saturar toda la sala hueca del enorme teatro con un solo oyente, que era yo. Las voces del coro, con alas entre cuerdas, me caían en el pelo; el sonido llenaba los rincones de colores de agua, los pasos firmes de las percusiones chocaban como lumbre de fogatas, todos bailaban en el aire y un tibio olor de bajos y de alientos se me metía en la sangre y me recordaba humores quietos, como los del vientre de las madres. Me abandoné completamente a la emoción y ese día comprendí por qué el cello y tú se habían jurado amor eterno. Fue entonces que escuché, salido del infierno, al director de orquesta suspendiendo, asesinando esos momentos para decir aquí y allá, más suave, andante, piano, ¿qué no saben? Y una vez y otra vez, haciendo trizas el volumen creciente con la varita mágica, estrangulando voces, cazando a tiros las notas en el aire. Yo no quise más astillas de música en la piel y me puse a escribir letras en las hojas pautadas que me dejaste, pero lo hice con tanto coraje y amargura que acabé por romper en pedazos las palabras y aventarlas al viento de la sala. De ese modo aprendí en unos instantes que a la armonía no deben cortarla niñas tontas arrugando papeles y echando letras al espacio. Me enfrenté a los gritos del demonio de la varita que marcaba mujeres rechazadas, tuve que aguantar el regaño desde el escenario y decidí no volver nunca a los ensayos. Tú estabas enojadísima conmigo y contigo misma, lo sé; te sentías fracasada y me lo dijiste, luego, luego, en el tranvía de regreso al que me habías casi arrastrado con mi cara chorreada de lágrimas de niña mala: "¿y yo qué voy a hacer contigo, María Clave? ¿qué puedo hacer si tienes tanta influencia de tu madre?, eres igual que ella: inculta, burda, incapaz de comprender el arte". Yo no te dije nada, no te expliqué lo de las notas tiroteadas, lo del asesino de la batuta mágica, porque sabía que tú ya no me ibas a invitar más de compañera, sabía que allí no terminaban nada más los ensayos, sino también los fines de semana enteros, los helados, las caminatas compartidas en tardes de alameda, el cello chico, el atril chaparro y todo.

Yo ya había decidido el destino de ambas cuando te regresé a tu casa, María Clave, esa misma tarde de sábado. Tan sólo te dejé en la reja de entrada, no quise entrar ni darle explicaciones a nadie. En el camino de regreso empecé a disculparme, a convencerme de que eras otro engendro igualito a tu madre: superficial, prosaica, mentirosa, ¿no me habías dicho en tantas horas de música como escuchamos juntas, que eso te gustaba? ¿no habías llorado de emoción la primera vez que oíste un coro? Y era precisamente *Carmina Burana*, lo mismo del ensayo de ese día, los mismos cantos de *Fortuna* y *Destino* que habías maltratado con tu actitud de gente tonta. Con razón le dedicabas tan poquísimo tiempo al estudio del cello, que porque el metrónomo te ponía nerviosa, que porque te dolían los dedos, que porque no entendías esas moscas entre líneas que se llamaban notas. ¿No me había atrevido yo misma a pecar por amor a ti? cometí aquella falta: puse arriba de cada una de las notas de los primeros ejercicios para cello unas letras con lápiz: si-do-re-fa, y todavía te habías reído: "moscas con nombres, tía, escalas-moscas que se llaman con nombres". Y también lo del pueblo, eso te lo tenía guardado. No te gustó el pueblo de nosotros, aunque hubieras dicho lo contrario, no te gustó porque en la cabeza te bullían las ideas de tu madre malinchista.

Cuando llegué a mi casa ya estaba convencida de todo y me dispuse a guardarte con mi padre, con María Amor y con muchos más en el archivo de los acordes viejos que me carcomerían el alma hasta el último día. Confieso que fui siempre así con mis afectos, te quiero hoy, y si mañana no, ya no vuelvo a quererte. Gozaste de la misma suerte, María Clave, que tantos otros en mi vida.

María Monja y el Mundo

La casa, ¿qué cosa era una casa, refugio, propiedad? Yo la tenía desde hacía muchos años, la había comprado en el tiempo de María Clave. Era el lugar donde estaba todo lo querido, donde cada cosa, por fin, había encontrado un espacio seguro y perdurable. Cada objeto y cada mueble, el cello, el atril, los libros, las ollas de cocina... cada cual allí tenía su reinado y sus límites. La casa era pequeña y suficiente para contenerme: una sala a la entrada y luego el comedor, a un lado el estudio con luz de sol, al final, la cocina limpísima y después la recámara, con cama para dos, dos mesitas de noche, dos lámparas. En esa cama del insomnio largo yo fumaba en las noches y copiaba notitas entre líneas. Tú, mi casa nueva y yo, fuimos felizmente y poco a poco acoplándonos a lo cotidiano, fuimos queriéndonos y haciéndonos una sola hasta que un día yo hablaba ya de mi sala, mi baño verde, mi cuarto del estudio y mi recámara y sabía que verdaderamente eran míos tus espacios y que yo era la pieza principal de ese engranaje. Te has de acordar, como yo, que en un tiempo hubo un intento de armonía diferente allí mismo, hubo una música fresca y llenadora que daba luz a cada mueble y al aire quieto de cada habitación: era María Clave. Y un día, porque yo así lo quise, ella ya no volvió. Después vino la época posterior al desastre de *Carmina Burana*, días callados y tristes; por más que me esforzaba en olvidar, en estar viva, no podía, tuvimos que confesarnos a nosotras mismas que tú eras otro lugar sin la niña. No había ya más voz que la mía frente al espejo de mi cuarto, hablaba a solas y tú escuchabas, no tenía más remedio y te platicaba de los maquillajes olvidados de otros tiempos: sombra café en el párpado, azul muy claro abajo de las cejas, rímel negro en las pestañas, polvo rosa-bronceado en las mejillas. Yo me quería convencer, con cientos de palabras, de probar nuevamente las sedas de colores en el cuello ya marchito, pero acababa hablando siempre del cello, de Mozart, de los muertos y de mi madre del pueblo que no estuvo nunca en un concierto.

Con meses y con años fui cayendo de nuevo en el vacío, en rutinas de virgen vieja como hacer colecciones de jarritos y tazas, de ranas de piedra y de madera; limpiaba con cuidado cada objeto y le daba un lugar específico por siempre, para rendirle culto. También sabía que odiaba el tiempo libre y por eso una tarde, cercana a vacaciones, decidí aceptar la idea descabellada: cerrarte casa, guardar el cello e ir a pasar los días en el convento con mi hermana. Tú querías, María Monja, que me acercara a Dios, jamás me lo dijiste pero lo veía entre las líneas de tus cartas: ven María Escala, aquí hay paz, sosiego, vida ordenada... No niego que tuve la ilusión de descubrir algo contigo, tuve una gran curiosidad por conocer tu vida y acepté porque tenía ganas de verte todos los días de nuevo y, en nombre de esas cosas que sentía, arreglé mi equipaje, guardé el cello y me fui hasta el convento.

 Aquella casa tuya no era precisamente una abadía de estilo medieval, era una construcción moderna, para monjas de los años sesenta: muchas salas de espera, varios pianos de adorno, un largo comedor, cuartos pequeños para el rezo y el sueño con camas confortables y cortinas alegres. En uno de ellos fui instalada. Con la visita extraña a ustedes las monjas parecieron renacer; fui observada por rara, yo hablaba poco por no saber exactamente qué decir, ¿qué podría platicar con monjas? las veía a todas y eran una, una sola figura con la cara lavada enmarcada en la toca y un cuerpo en movimiento adivinado bajo el hábito largo y grueso. Apenas sonreían, hablaban quedo y en horas de recreo se gastaban bromas infantiles que las hacían correr y dar saltitos de gusto y de sorpresa. Eran todas tan niñas y tan viejas... y tú también, hermana. Me gustó que accedieran a invitarme a rutinas y quehaceres, así te lo pedí y yo sería una monja más por quince días; aunque, como eran las vacaciones de su escuela me tocó ser mística en lugar de maestra. Entonces torturaba mi espalda y mis rodillas en los largos oficios de capilla, mientras probaba el dulce olor de velas de mi infancia y despúes de dos días cantaba con ustedes en un coro como el de la iglesia del pueblo. Yo no puedo negarlo, me sentía de nuevo transportada a otros tiempos y pensé ser feliz.

Tú estabas muy ansiosa por hablar conmigo y pasabas todas tus horas de recreo y otras más queriéndome sacar las confidencias. Me atosigabas, María Monja, con cientos de preguntas, algunas rutinarias, otras con intenciones claras de intimar. Así, poco a poco te enteraste de las cosas familiares, sencillas: María Amor y Teófilo felices en su casa, los niños creciendo muy hermosos, un tanto burdos, mal educados; María Clave seguía siendo la más recuperable porque a veces lograba ser diferente a su madre. Las hermanas solteras atendiendo el negocio y también, con no muy buena gana, a la mujer de su papá; pero eso sí, empeñadas a diario en preservar los ritos del rosario, las costuras, comida y limpieza de la casa. Todos bien, todos felices, versiones para monjas que no ganan nada con saber de miserias humanas que ni entienden ni pueden remediar. Y, ¿mi vida personal?, ¿mis deseos? Callábamos largos ratos, después yo hablaba despacio, dándome tiempo de tejer historias más contables que reales, así supiste de Emiliano Escolero y su familia, del amor casto y limpio que habíamos sentido hasta el momento amargo del desprecio a mi cello y a mi vida de artista; la música es de Dios, me decías, entiendo perfectamente tus reacciones, ya encontrarás marido si te toca. ¿Y qué sabías tú del mundo, María Monja?, ¿qué sabías de los hombres que no hubiera yo sabido a los catorce años? Yo estaba cumpliendo, a mi pesar, *la voluntad de Dios*. Hablabas tanto del amor, del perdón, de la misericordia eterna y yo escuchaba caer tus palabras al césped de aquel jardín de las doce del día y las seis de la tarde en el convento, y eran las mismas palabras gastadas de mi infancia, del catecismo en la parroquia: Divina Providencia, Diez Mandamientos, Siete Sacramentos, Bautismo, Confirmación, Confesión… recuerdo esa tarde en que feliz dijiste que habría confesión al día siguiente, el sacerdote iba cada viernes para ayudar a todas al ajuste de cuentas con su Esposo. Yo, por supuesto, tendría también el privilegio de poder platicar a solas con el padre para pedir perdón.

Tú no entendiste por qué esa noche no quise merendar ni acudí a la capilla, un malestar intenso me acosaba y me encerré temprano a rumiar mi desgracia. Había querido ser monja unos días para aplacar mi curiosidad, para verte; pero hablar con el cura era ya otra cosa. ¿Cómo iba a confesarme? ¿qué le diría a un viejo acostumbrado a oír monsergas de monjas? Pensé en las otras, en todos sus pecados, posibles siempre, en estado absoluto de latencia y me tiré en la cama, envuelta en confesiones.

- Me acuso, padre, de envidiar a las madres con sus hijos porque, siendo religiosa, los niños de la escuela son mis hijos y no. Yo, María Escala, me acuso de aborrecer a las madres y a sus niños y de alegrarme con todas sus desgracias *Yo, monja, me acuso de reírme del voto de pobreza con mi vida lujosa* Y yo, Escala, de envidiar con el alma a tanta monja rica. *Yo, monja, de mirar a los ojos del hombre que vino a buscar a su hermana, y de sentir deseo.* Yo, Escala, de amar al hombre de otra cada vez que quiero. *Yo, monja, de quedarme dormida en la capilla y olvidarme de orar por mi familia.* Yo, Escala, de pedirle al demonio que se lleve a mi padre.

Por tanta fiebre no pude levantarme al día siguiente, no pude llegar a confesarme. Me puse en pie dos días después; era domingo y una algarabía en el jardín trasero me llevó hacia allá. El día de deportes en la alberca las monjas, sin tocas ni faldones, se tiraban al agua alborotadas; allí estaban todas: de pie, sentadas a la orilla, correteando en el pasto, uniformadas con blusas sueltas y calzones largos. Contemplé con tristeza las piernas secas de caricias, los cuellos tensos de deseo o bajos y sumisos ya al destino; había monjitas jóvenes, casi niñas, perdidas en un vaivén interno, con los ojos cerrados, mientras flotaban libres en el agua; también había mujeres como yo y parecían sin ansias, con todos los deseos sublimados, sin pena, en un pasmo absoluto de infancia eterna. Pensé acaso entonces que era posible Dios.

Después de la misa vespertina de aquel domingo di por concluidas mis vacaciones y tomé el autobús de regreso a la ciudad. Pretexté mil cosas ante tanta monja que me insistía en quedarme la semana restante, como prometí al principio; había perdido tiempo, me decían, enfermando dos día y ellas estaban ávidas de más lecciones de solfeo para cantar mejor los salmos. Además yo era divertida, las hacía reír con mis historias del cello perdido en Bellas Artes y de los tranvías urbanos que me enredaban en las mismas calles y me dejaban al desamparo sin saber que estaba a sólo unos pasos de mi casa. Entonces aseguré, con mi habitual firmeza, que el concierto inicial de temporada requería el sacrificio de estudiar mucho más que otras veces, dije estar preocupada y así las convencí. Cuando cerraron la puerta tras de mí y cesó tanto adiós, la novedad se fue, las pude adivinar sonriendo quedamente como siempre y yendo juntas y solas, otra vez, a su merienda de tristeza. A ti también te vi, María Monja, atrás de una ventana sin decirme adiós, mirándome partir; tú sí supiste la causa verdadera de mi huida y has de rezar por mí todos los días que aún te quedan. No tengo nada que decirte ni tuve entonces. Tú ya no eres la de antes, cuando fuimos amigas, ni yo soy tú, somos los muertos en el fondo del pozo. Compréndelo y olvídalo.

En el camino de regreso, parece que lo vuelvo a ver, había casas y árboles corriendo y nubes con caras y con manos hasta que oscureció completamente y, ante tanta noche fría sin diálogos de Dios, repasé las palabras del cura en la capilla... "Somos polvo, nada, y al polvo volveremos. Dios nos da, hermanas, pero es para probarnos, creemos ser felices y entonces, el Señor nos lo quita para ver si de veras lo amamos. Hemos sido llamados a sufrir, el camino es de espinas, no de rosas porque es eso: camino. Al final está la otra vida, allí estaremos felices en espíritu, ya sin cuerpo, sin el estorbo de la carne; pero hay que ganarlo, hay que aceptar el sacrificio, el hambre, el cilicio, la vigilia. Él nos mantiene con su fortaleza. Oración, hermanas, oración y alegría, dad gracias por las penas, por el sufrimiento, no tengáis miedo, todo esto que pasamos por Dios lo aliviará la muerte". ¿Y cómo entonces había monjas felices? Las ví en letargos místicos, sonriendo, y vi también la paz, esa agobiante calma indiscutible que había en aquel convento. ¿Acaso era mentira lo del cielo después de la muerte?, ¿sería posible que ellas vivieran ya una Gloria terrestre?, porque a pesar de tanto ayuno y sacrificio pude ver ojos cálidos de monjitas amables en el hambre. Masoquismo, eso era, de cardos y de espinas que acarician el alma lentamente a través de los días. No quise adivinar más, el sueño estaba dominándome. Me acomodé en el asiento estrecho lo mejor que pude, me palpé las piernas, los senos, el sexo, las mejillas y me dormí feliz de ser cuerpo, carne y mundo, por si acaso no había nada después.

Volví a mi casa con miedo de caer en los vértigos de angustia que me ponían a la deriva, viví de nuevo amaneceres lentos en los que no sabía si debiera volverme mística para encontrar a Dios o si más bien debiera arrojarme, ya de lleno, a los placeres del mundo. Y así pasaron de nuevo los días y las semanas; desde el cuarto del cello me veía en el espejo, al fondo de la sala: ojerosa, cansada, más tensa que las cuerdas, más vacía que maderas con música apagada, llevando siempre el arco en un vaivén sin tregua. Estaba entregada solamente a notas y lamentos, sin más afectos que mi amante cello y exactamente así me encontraste María Monja, esa tarde en que fuiste, ansiosa, a buscarme. Habían pasado ya dos años desde mi visita al convento y habían pasado también por mis manos quince cartas tuyas sin ser abiertas, no volví a verte las letras ni la cara y ese día sentí un estremecimiento de gozo y de pavor cuando te abrí la puerta. Tú parecías sin tiempo para preámbulos, estabas angustiada, llorosa. Me abrazaste muy fuerte, entraste a la casa y, sin querer siquiera sentarte, lo dijiste:

- Don Teófilo se muere, debes venir a verlo, a pedirle perdón.

-¿Perdón? ¿yo a él?

- Bueno, a darle la mano

- No, María Monja, que se muera sin mí, así ha vivido siempre.

Tú no querías creer que Don Teófilo y yo nacimos para odiarnos. No podías aceptarlo, era nuestro padre, como si la sola palabra, el solo título bastara para engendrar cariño. Yo no lo había ofendido con mi actitud, con mi silencio. Yo no tenía la culpa de que sus remordimientos y su orgullo de hombre le impidieran decirme siquiera buenos días, buenas tardes, cuando nos tropezábamos en su casa. ¿Perdón?, ¿yo a él? Perdón ha de pedirme el viejo a mí por tanta ausencia, tanto abandono, tantos ejemplos crueles para andar por la vida. Y si nunca lo hace, allá él, yo no lo necesito. Después, ya sabes, no hubo poder humano ni divino en muchos días para romper el odio, tú insistías con lágrimas, con sonrisas, de mañana y de tarde y allá en la casa del viejo sus tres Marías se turnaban los minutos de palabras para convencer a Teófilo de verme. También estaba María Clave, lavando aquella culpa de patines mortales, sintiendo lástima de ver al roble allí tirado con las piernas inmensas, como dos grandes ballenas atoradas y un rencor de hierro haciéndole burbujas en el pecho: estertor de la muerte.

 A ti, Don Teófilo, te estaba venciendo la agonía y a mí el insomnio helado. A pesar de la distancia que nos separaba ambos padecíamos lo mismo, nos presentimos uno a otro débiles y viejos y dejamos por fin de resistirnos. Fue una noche, inesperadamente, sin avisárselo a la monja, sin meditarlo más, llegué hasta tu cuarto y nos dimos la mano durante un solo momento. Todos nos sonreían, hasta la luz tenue de la lámpara parecía brillante, la monja y las solteras vieron a Dios bajando y sólo yo me percaté del Diablo. Allí estaba, en el intenso escalofrío de nuestros dedos juntos que se apretaban suavemente; nos sentimos de nuevo, padre e hija, nos tocamos las manos y no vino el amor porque era un feto muerto, enterrado en el pueblo, en la misma caja de mi madre. Entonces llegaron nuevas fuerzas negras y la energía del odio te levantó como en el tiempo de la escalera. Te incorporaste otra vez a toda la altura de tus huesos parados en el suelo y pediste comer.

¡Milagro, Don Teófilo ha vuelto a renacer! Fue por amor a María Escala, se decían, fue el perdón, fue la hija tan noble, pero la noble hija sabía lo que pasaba, tú sólo regresabas para odiarme más fuerte, por eso salí corriendo y me negué a volverte a ver; tú tampoco quisiste saber ya más de mí, ninguno de los dos aceptamos de nuevo ruegos de monjas y solteras. Ambos dimos por concluida la historia.

Te he de olvidar, papá, aunque me recuerde tu imagen cada hombre leyendo en un tranvía, aunque siga siendo señalada por un hombre-batuta, aunque te siga viendo en tu lecho de muerte y tu vejez me inspire asco. Me he de librar de tu recuerdo y tú del mío.

Cuerdas graves

No corrí las cortinas de la sala esa mañana porque quería que dentro de mi casa todo estuviera oscuro e íntimo. Iba a estudiar el cello como siempre, iba a fingirme en el ensayo para olvidar, como hoy, que ya no era una cellista de orquesta sino una vieja retirada e inútil. Iba además, desde ese día, a evadir el papel recogido de abajo de la puerta como la carta perdida de María Clave que había traído a mi casa María Monja con un mensaje:

Pasé a verte, estuve unas horas en la ciudad. Te dejo una carta de tu sobrina que te ruego que leas. Dios te bendiga.

María Monja.

Su letrita Palmer de las dos, su letrita de monjas, ¿para qué me escribía?, ¿no tenía dignidad?, al fin y al cabo esa carta ya se había perdido, pero el papel de ese día, ese sí era importante. ¿Cómo era posible que en sólo unas cuantas líneas, el gobierno, el destino, el demonio, me obligaran a aquello?

C. MARIA ESCALA:

LA CONSTRUCCION DEL PREDIO QUE UD. OCUPA SERA DEMOLIDA DENTRO DE CUATRO MESES POR AMPLIACION DE LA AVENIDA

Ni una disculpa, ni un lamento, ni una visita personal siquiera de algún señor atento que me explicara con palabras dulces aquel asesinato. Mi casa no, podía ser la de cualquiera, alguna casa de esas que la gente no cuida ni aprecia, pero no la mía.

Presagios de mudanza, en esa casa fui mujer de hombre y de hogar por una sola breve vez: mudanza eterna. Porque años antes, cuando era ya una vieja, me había desposado por fin un contrabajo de otro mundo: alto, rubio, de grandes ojos incoloros y dieciocho años menor que yo.

Te conocí en la orquesta igual que a tantos otros y adiviné en ti, desde el primer momento, cosas ocultas entre tus frases en pésimo español. Para ti no era ya el tiempo del amor, ni había tierra de siembra para semillas lentas, tan sólo había razones, necesidad de trabajar en el país, de quedarte a vivir atado legalmente a una mexicana quien te solucionaría con sus firmas tanta incertidumbre de no haber encontrado en todo el mundo una orilla segura.

Tú, papá, no fuiste requerido para aquel acontecimiento memorable aunque sé que hubieras dado parte de la vida que te quedaba por verle la cara al único capaz de casarse con tu hija. Mi hermano y las solteras sí fueron invitados y una de ellas, la menor, se permitió contarte lo ocurrido. Fue en una tarde, estabas reposando una de tus crisis de anciano, metido en cama desde hacía varios días; rodeado, como siempre de té, limones, pastillas de colores, cucharas y pomadas. El cuarto penumbroso olía a recuerdos de viejo y a ronquidos pasmados de tanto encierro, allí llegó tu hija y se sentó en la cama, no te previno, no te dulcificó la noticia aunque sabía que iba a importarte demasiado: "se va a casar María Escala, papá, con un mesié Contrepoint que toca contrabajo en la orquesta". Debes haberte quedado viéndola impasible, como acostumbrabas cuando estabas muy desconcertado. Nada decías, sólo veías la mesa y las pomadas y la boca arrugada de tu hija queriéndote decir más cosas. Por fin hablaste.

-¿Ya lo conoces?

- Sí papá, ayer lo vimos con ella en su casa.

- ¿Cómo es?

- Es guapo, rubio, muy fornido, es buen tipo, se viste bien.

- ¿Cómo es de su modo de ser? no de lo otro

-¡Ah!, es trabajador... bueno... trabaja en la orquesta, es honrado y es extranjero

- ¿Extranjero?

- Sí, de otro país. Es francés.

- ¿Y tiene libertad civil para casarse?

- Creo que sí.

- Entonces, ¿por qué se casa con tu hermana?

- Pues dice que se quieren, que se comprenden bien, pero Teófilo piensa que es por obtener la nacionalidad.

- ¿Es católico?

- No papá, dice que es ateo por nacimiento.

- ¿Y va a atreverse María Escala a pedirme permiso y él va a atreverse a pedirme la mano de mi hija?

- No, yo creo que no. Ellos ya son mayores, no esperes que pidan manos ni permisos a nadie.

La soltera menor no vio la palidez de tu rostro porque estaba todo muy oscuro, pero sí te vio la rabia en la mirada. Dijo que volteaste al otro lado de la cama, te cubriste la cabeza con la almohada y desde allí abajo diste la sentencia: "Anda ve y dile a tu hermana, de cualquier modo, que no hay mi permiso y que no hay boda para ustedes o los dejo de ver como mis hijos". Yo lo hubiera querido, quizás. Por verme como todas las mujeres hubiera preferido el vestido blanco de pureza y azahares en el pelo, las fotos tanto tiempo imaginadas para colgar en la recámara y la entrada triunfal a la iglesia del brazo de aquel padre que no me dio jamás la mano. Pero mi suerte estaba echada desde hacía mucho tiempo, yo no iba a sentarme a la derecha de Dios con las vírgenes y además ya tenía cincuenta y tantos años. Todo eso me estorbó demasiado para vestirme de novia blanca. De la familia, lo sabes bien, ninguno fue a la boda. Mis hermanas no cosieron vestidos, no compraron zapatos, ni osaron desafiarte.

Yo me vestí de novia de color violeta y fui ese día la muchacha de pueblo sin sonatas, huérfana de familiares y aferrada a una última esperanza.

En ese entonces fui a buscarte María Amor y me abriste las puertas de tu casa porque me viste amiga como antes y desvalida como nunca. Recuerdo aquellos días en que anduvimos juntas por las tiendas comprando mi vestido y mis flores y tanta ropa nueva y seductora para mis noches de casada. No te importó mi padre ni el padre de tus hijos y allí estuviste en la iglesia, como madrina omnipresente al lado de los novios. Llevabas aferrados a tu pecho los anillos y el lazo y el arroz, y llevabas también un regalo para mi nueva vida, aquel juego de tazas que, en tu memoria, nunca usé y que siguen de pie en mi vitrina aunque no hayamos vuelto jamás a ser amigas.

Durante algunos años, Contrepoint, mezclé mis pentagramas con quehaceres de virgen: bordé, limpié, hice pan en las tardes, acicalé la cama diariamente y traté de ser tu amiga. Recuerdo que viajábamos cada vez que la música nos dejaba vivir, las dos primeras veces en viajes de placer por toda Europa para acabar en Saint Simon, tu pueblo francés, con clima helado y una madre, hermanos, sobrinos y tanta gente más. Del tercer viaje en adelante fue nomás Saint Simon, una vez y otra vez hasta el cansancio, y yo luchaba por semanas con el país extraño, luchaba también, sobre todo porque fuéramos la pareja enamorada, cuando nunca lo fuimos. Supimos ser dos compañeros y nada más, las nuestras eran dos rutas dispares, con dos destinos diferentes, con ansias y deseos irremediablemente individuales; así fue el trato sin palabras que de novia acepté y que cada día me fue doliendo más. Tan sólo en aquella casa de tu madre, delante de ella y de los tíos, me hacías caricias en el pelo, tan sólo allá no había más mujer que yo para ti y me buscabas con placer en las noches y eso era para mí viajar. Por eso iba contigo hasta dos veces al año y hasta tres si era posible, por eso trataba de aprender tu lengua y tus costumbres, por eso aguantaba mi eterna vida de soltera a tu lado.

Después me miraría a mí misma en cada hueco de la casa que iba a ser ya sólo una línea más de la avenida. La casa sin la niña alguna vez había dejado de estar llena de vida, pero sin ti, Contrepoint, se tornó completamente otra. Yo no te había cedido a ti los lugares y las cosas con aquella soltura con que los recibió María Clave; contigo había sido todo de otro modo, con miedo y con recelo. Fue un proceso largo y lento: nuestra cama, nuestro estudio del cello y del contrabajo, nuestra mesa... No había sido fácil, por eso, cuando tú por fin te asentaste de fijo en cada cosa, te convertiste en dueño. De cualquier modo lo mío no eran muchos objetos que fuiste introduciendo: grabados y pinturas, discos de jazz, vinos rosas y blancos, y por supuesto, el contrabajo. Llegaste como intruso, y cuando te fuiste te llevaste el aire quieto de mi casa a cambio de unos cuadros cubistas, de una música rara y de manteles de Bruselas.

Estaba ya tan lejos aquel día en que eras el nuevo miembro de la orquesta, recuerdo haberte visto con los ojos del alma o de las ansias sueltas y haber caído en el amarte sin angustias porque supe que el presentimiento de mi carne era la verdad. Ibas a ser mi marido aunque no me quisieras, aunque buscaras faldas y sonrisas extrañas, aunque no te fijaras en mí ni en mi cello; por eso quise buscarte las miradas y hacer constante mi presencia. El encuentro. Fue el cello mío y la música y la sala de orquesta y los días encimándose sobre nosotros. Fue la mañana esa del ensayo cuando nuestras cuerdas se mezclaron en un mismo soplo de aire, entrelazaron notas y latidos y se miraban como una sola desde cualquier espacio. Yo las vi, las notas-cello y las notas-contrabajo y tú advertiste también aquella conjunción extraña y te gustó. Ya después, las cosas que pasaban se dejaron venir como agua que corre hasta secarse.

Y tú, mi cello, ¿te separaste también con dolor del contrabajo? No percibí ninguna queja en tu madera, ninguna sombra de tristeza en tus cuerdas y sin embargo -¿recuerdas?- hablabas de otro modo. No dudo que a ti también te afectara nuestra aventura póstuma porque, después de todo, compartiste aquel cuarto como yo la recámara y te quedaste como yo, quieto y solo de nuevo. ¿Y cómo no iban a dolerte los días gastados en tantas melodías compartidas? Éramos un cuarteto perfecto: él y yo, tú y el contrabajo. Resucitábamos muertos de manera gloriosa, un disco de Beethoven en la sala con volumen de orquesta y en el cuarto de estudio nosotros tocando adentro de la música de todos los ausentes. Yo te sabía feliz y también sabía que nunca pensaste acabar con tu vida como yo, y me quedé tranquila.

En la sala de la casa que iba a ser demolida yo fumaba sin cansarme de encender un cigarro con otro. Fumar... querer sacar en humo un lodazal de ira, así lo acostumbraba en tiempos de casada. ¿Cuántas noches había esperado al hombre con la cena ya lista?, ¿cuántas horas le había robado al cello y a los pentagramas para tratar de ser esposa como todas?, ¿cuántos golpes a mi dignidad había sufrido con los labios cerrados?, ¿cuántos insultos y gritos me tragué? Quién sabe, los había tratado de echar fuera en humo que me salía por la boca y las narices, en lágrimas lentas y en quejidos sin eco. Me había visto servil e indigna muchas veces, por mi miedo ancestral de ser mujer soltera; te había aguantado, Contrepoint, limosnas de caricias y amor cuando tú disponías. Había callado, había sido sumisa, me había portado como un segundo cello incapaz de abordar el escenario de solista. Pensaba mucho en ti, en tus costumbres raras, en que si hacíamos el amor no me mirabas aunque podías hablar por horas conmigo de cuerdas y maderas, de Francia, de tu infancia de guerra; pero a mí nunca me escuchabas. No sabías ni siquiera que tu mujer había sido pobre y había llegado sola y asustada a entregarse a ese mundo de ciudad. Pensabas y actuabas tantas cosas sin decir, ni avisar, como el desastre aquél de las clases de música que decidiste dar en casa. Era horrible para mí tener que soportar chillidos en las cuerdas y notas tercamente imprecisas, mientras yo trataba de concentrarme en algo; pero el colmo fue aquella joven. Una sola vez me metí en tus asuntos, ¿recuerdas?

- ¿Y la joven que viene? no es estudiante de música que yo sepa, ha pasado doce horas en tu estudio y si algo le has enseñado, eso es lo único que sabe de notas y de contrabajos.

- Bueno, ella es aficionada. Disfruta enormemente los conciertos y quiere aprender a tocar un instrumento.

- ¿Y por qué un contrabajo? Tan grande, tan pesado, tan absurdo. Luce muy poco junto a otras cuerdas, no puedes tú negarlo, se pierde a la espalda de otras músicas con sus ronquidos lentos y apagados mientras piensa que acompaña y sueña que lo sostiene todo.

- No lo sé, María Escala. Será por original, por raro, por difícil, por masculino, qué sé yo.

Por viril, por extraño, por seductor. ¿Y cómo no iba a enloquecer a una niña de veinte años la mole inmensa de madera brillante con manos blancas y brazos fuertes que lo acariciaban? Ella pudo haber querido ser una flauta, una viola o una clave, o también una esposa, una madre, una maestra de niñitos de kínder, no un contrabajo ni una amante de músico casado. Fue en la tarde de la vigésima cuarta lección, la joven había llegado muy temprano y tú no estabas en casa; la invité a tomar café porque yo ese día, más triste e insegura que nunca, quería observarla. Era una muchachita un tanto tímida que hablaba muy despacio para no tartamudear de miedo: esbelta, de pequeña estatura y grandes ojos inocentes. ¿De qué hablamos? Yo no quería saber nada de su vida, así es que la obligué a que hablara de música y resultó que, igual que a mí, le gustaba más Mozart que ninguno; pero eran sacrilegio sus palabras: *Es buenísima onda ese tipo, su música es bien padre.* Y no quise escuchar más, de cualquier modo tú estabas llegando; nos miraste a las dos por un momento, entre asombrado y contento y te llevaste rápidamente a la niña al estudio. Yo no podía concentrarme en mis rutinas. ¿Ya para qué?, pensaba. Ne-ce-si-dad, Necesidad, ¿de qué?, de hornear flanes y preparar los guisos, de hacer casa al esposo, de tener todo limpio y reluciente para gozarlo juntos.

Un presentimiento, más claro que todas las certezas de mi vida, me cubría los ojos, me atenazaba la cabeza desde las sienes, me volvía hoja de árbol, papel pautado, nota a la deriva y me llevó con un paso y otro hasta la puerta del cuarto del estudio. La abrí de golpe y vi la escena para la que ya estaba preparada. La niña, sentada en el banco alto, atrás del contrabajo, lo trataba de sostener. Con una mano llevaba el arco en el aire y con la otra aprisionaba todas las cuerdas sobre el diapasón en un intento vano de educarlas a su contacto. Atrás de ella y hecho uno con el banco y la espalda de la joven estabas tú sosteniendo las cuerdas, el contrabajo y su cintura. Respiraban los dos a un mismo ritmo que se quedó colgado en los minutos y no fue su postura, ni el abrazo, sino los ojos de ambos, quienes me confirmaron la verdad de todas mis sospechas.

Se fueron juntos ese mismo día. Tú no dijiste nada, aprovechaste mi ausencia, empacaste unas cuantas cosas y no volví a mirarte. Yo había salido en carrera hacia la calle, caminé sin sentir el cansancio, como si con los pasos pudiera ir embarrando mi pena en las banquetas. Sabía que a mi regreso ya no iba a encontrarlos y que estaría esperándome solamente mi casa. Pensé ir a buscarte, María Amor, pero eso hubiera sido aceptar una derrota que no quería creer que fuera ya tan mía. Llegué hasta Bellas Artes, entré a la sala sola de conciertos, por costumbre; iba ciega de angustia y, sin embargo, allí te vi Don Teófilo igual que antes, con el sombrero de hongo grande hundido hasta los ojos, con el bastón a un lado y tus maneras duras de hombre. Allí estabas sentado en una butaca de la primera fila, esperando el concierto, entonces no pude resistirlo y me acerqué a ti; pero apenas había yo empezado a percibir el nauseabundo olor de tu sangre podrida y a ver que tus venas, a lo largo de manos y mejillas eran hilos de lodo, cuando no estabas más y ya no te busqué. Regresé a la casa en un tranvía con hombres leyendo los periódicos, que me recordaban a los hombres-batuta, al hombre-contrabajo y a ti. Cuando llegué ya estaba allí María Monja esperándome en la puerta, como en sombras la vi, tenía los ojos húmedos e hinchados y no dijimos nada de las lágrimas porque las dos habíamos llorado desde hacía muchas horas.

- María Escala, Don Teófilo... es algo grave

- ¿Está instalado otra vez en simulacros de agonía?

- No, María Escala, ya está muerto. ¿Vas a venir conmigo? Hay que enterrarlo.

El entierro tenía que ser en el pueblo. Así lo habías dispuesto, papá, para causarles a tus hijos los póstumos agobios, "y en el mismo hoyo de su madre, porque esa era mi mujer legítima". Dicen que cuando echaste hacia fuera el último respiro alcanzaste a oír la voz quebrada de María, la nanita, toda ella era la corriente clara de un canto adolorido, era una canción que juntos oyeron muchas veces, era la Negra noche suya...*tendiósu-man-to-surgióla-nie-bla-mu-rióla-luz.* Tú ya no viste esa mañana de panteón en que el aire amaneció con presagios de lluvia, habíamos viajado muchas horas en coches lentos siguiéndote a ti, muerto en la carroza. Teófilo y María Amor caminaban del brazo, precedidos por sus hijos, eran el cuadro familiar perfecto que conforma, a ratos, la desgracia. Atrás iban las dos solteras envueltas en velos de vírgenes luctuosas, andaban con sus pasos viejos, aferradas más que nunca, una a la otra; a la cabeza del cortejo María, muy pegada a tu caja, era un pequeño ovillo viejo, empapado de lágrimas. Al final, María Monja y yo calladas, sin llorar; ella, por fe y resignación y yo por la paz infinita del rencor. Quizás nos viste, quizás ya no. Todos estábamos reunidos en torno de la tumba olvidada para mirar palas y terrones que subían del fondo a nuestros pies, yo veía uno a uno los rostros familiares, como si nunca se me hubiera ocurrido que un día íbamos a estar todos allí muy juntos para enterrarte. Así fue que descubrí a María Clave y le observé de reojo el vientre hinchado del hijo que esperaba. Recordé el sobre blanco con la invitación de boda que me llevó tu padre y luego tus llamadas, tu voz al otro lado del hilo telefónico, "contesta, tía, sé que allí estás, soy

María Clave", y allí colgada del hilo te quedabas sin respuesta ninguna hasta que tu voz se iba apagando y yo podía oír desde mi cuarto del estudio los zumbidos cortados del teléfono. Te habías casado y esperabas un hijo. Tu vientre deformado y tu cara consumida no me provocaban ternura y alegría, a mí me dabas pena, tú tan tonta, tan niña, ¿ibas a ser madre?, como tu madre misma, perdida eternamente en un desierto sin oasis ni salidas. Sabías de mi frustración por no haber dado nunca vida, por no haber sido más que madre postiza de una sobrina ingrata, alguna vez te lo dije allí en mi cuarto, en una tarde cualquiera de contemplar tus rizos y tu sonrisa figura amada, sin querer, sin meditar más nada te aventé encima mi tristeza para que me ayudaras a cargarla; pero eras tan niña como el día del entierro de tu abuelo y te quedaste muda viéndome con ojos espantados. Oí "te quiero tía" y creo no haberlo oído nunca porque hoy te veo y ya no me duelen los recuerdos.

Poco a poco fue saliendo de en medio de la tierra el cajón de mi madre que no era más que palos podridos deshaciéndose al chocar contra palas. Con una presión muy leve de la mano, un solo hombre levantó la tapa y la dejó expuesta a las miradas y al pánico. Ya no era ella ni era nada, ahí nomás estaban los pedazos de trapos que fueron sus vestidos y un pequeño esqueleto que perdió su forma de persona para ser metido en una bolsa. Entonces el aire ya era lluvia y todos tuvimos que mirar con ojos de agua los restos metiéndose en tu caja. Te vimos de nuevo y para nunca jamás, tercamente dormido, con las manos clavadas en el pecho y tus piernas-ballenas atoradas, en letargo absoluto. En ese último silencio se volvió a oír el canto débilmente, surgióla-nie-bla-murióla-luz. Yo vi que la nanita era una larga nota do-dolor abandonada al viento de la tarde, era un arroyito triste de versos húmedos y estaba, igual que yo, sola para siempre.

Muerte de agua viva

El día del entierro de Don Teófilo se me clavó por dentro como una sombra larga y desde entonces mi casa se llenó de fantasmas. No volví a estar sola, papá, como en aquella tarde de tu muerte en que llegué para encontrarme con ausencias. Contrepoint ya no estaba, María Monja había vuelto a su convento, no quedábamos más que el cello y yo, en completo abandono; debes haberlo visto todo desde dondequiera que estuvieras, eran las once de la noche cuando entré a mi cuarto y me desvestí para tomar un baño, entonces, me vi desnuda frente al espejo y no encontré entre mis arrugas y mis carnes viejas ningún rastro de vida. Mis piernas tan delgadas, eran sólo dos hilos que chorreaban bajo un vientre desierto, de mis brazos colgaban tontamente lo que fueron músculos fuertes, ya sin vitalidad para abrazar el cello ni para danzar en el aire con el arco y las cuerdas. Pensé en amores perdidos y, frente a mi imagen misma, me vi como algo que había querido ser mujer. Tú ya no estabas y, aunque yo hubiera querido seguir detestándote con la misma energía, bien sabía que las distancias que el tiempo se carcome eran ciertas y que, desde ese día, con cada minuto que pasara te me irías quedando más lejano.

Pensé en morir.

Lo pensé fuertemente y me aferré a la idea como lo único posible para mí. Nada me detuvo porque no tenía miedo, si acaso había un Dios que andaba por ahí y que era bueno, me iba a tocar por fin a mí verlo y gozar de sus favores, ya que si no había sido en esta vida, si aquí nunca volteó a mirarme, seguramente me tocaría en la siguiente. Me eché en la cama para determinar el modo de morirme y pensé muchas cosas. Arrojarme de algún piso muy alto sería un escándalo en el momento mismo y eso no me gustaba, además, ¿qué sentiría un suicida al verse en el vacío? ¿qué sensación de vértigo y de pánico me hubiera acompañado en esa despedida? Si tomaba pastillas de dormir podría -

horror- no caer en la muerte y, en vez de despertar del otro lado, iba a encontrarme en una absurda cama de hospital. De cualquier modo, ese era el momento, nadie vendría a buscarme, todos estaban de regreso en sus casas con el sabor amargo de panteón todavía. Al fin me decidí por el baño mismo: la tina llena de agua muy caliente y así no sentiría el dolor de navaja en la muñeca. Después iba a cerrar los ojos para no ver la sangre diluyéndose e iba a sentirme débil, muy débil y luego, dormida para siempre; también consideré que la música debía acompañarme en el trayecto y tardé un tiempo más en resolver cuáles notas de Mozart serían las del final. Repasé los conciertos: para violín y orquesta, para piano, y nada para el cello. ¿Por qué hasta Mozart se había burlado de mí? ¿por qué quiso reírse también de mi cello solista? De todos modos él era eso: MOZART y ese día iba a robarle una ópera para que me acompañara en el trayecto. *Don Juan*, Giovanni amor y vida y alegría, sin darse cuenta, le había dado la mano a la muerte misma. Jamás hasta ese día, había pensado yo en buscar la mano fría que me librara de todo, pero hoy iba a vengar a Don Giovanni enfrentándome al mundo oscuro y desolado que vendría, conscientemente, sin ser el burlador burlado. Así, llené la tina y, antes de poner la ópera de Mozart en el tocadiscos, fui a buscarte, mi cello. Después entraría al agua y a la música, lenta y decidida.

Estabas recargado en la pared con tu cara brillante como siempre. Presentiste para qué iba yo a buscarte porque tus cuerdas se tensaron y escuché un gemido largo y fuerte que eran tus lágrimas disfrazadas de notas disonantes. No puede decirte nada, te abracé solamente y mi cuerpo apretado contra el tuyo fue el adiós, tu madera y mi piel no pudieron alcanzar el mismo tono, tú estabas vivo, de pie, yo ya no. Quise escuchar tu canto por la última vez, pero entendí que no habría habido notas, como no hubo palabras, que expresaran aquel desgarramiento, por eso te dejé rápidamente, te encerré en aquel cuarto y no volví a mirarte.

Comenzó la obertura con los acordes fuertes de la orquesta. La superficie húmeda de la bañera estaba quieta y había subido su nivel para guardar mi cuerpo dentro; los violines, como olas saladas, se mecían en la casa. Yo tenía la navaja en la mano derecha y esperaba uno más de esos momentos en que las notas se hacen espada que penetra en la sangre y duele toda el alma con placer de orgasmo y de partida. Escuché el tema fuerte y repetido chocar contra mi carne mojada, tras él, los pasos pequeños de las cuerdas y el tema de la música de nuevo y Don Giovanni vivo en medio. Cerré los ojos y sentí ondear mi pelo empapado entre instrumentos, vi a los cellos levantarse y dirigirse a los demás para empezar un baile. Yo no hubiera podido imaginarme que a María Clave esa visión divina la había resucitado de sus tristezas niñas, las cuerdas habían dejado de quejarse y se daban las manos, los alientos buscaban compañía, las percusiones, con sus pasos seguros, llevaban el ritmo de la danza y una rueda de telas suaves girando en la armonía me envolvió. Era un vértigo de vida, una gran ronda de hojas de árboles, de papeles pautados y luego calma, paz, y una alegría pequeña, luminosa, que me incorporó en la tina, me aventó fuera del agua y me reconcilió con Mozart y de nuevo con la vida.

Salí del baño, me vestí lentamente y fui a buscarte al estudio. Tu contacto con mi cuerpo me encaminó hacia el gozo y no pensé ya más; te atenacé con fuerza para arrancarte las notas de una melodía cualquiera. Beethoven esa vez, qué más daba, nuestra música sola no estaba para resentir esa madrugada la ausencia de otras cuerdas que nos acompañaran, no estaba para nada que no fuera llenar la casa entera de tu sabor dulzón y quieto.

Encore

Yo por fin era la actriz primera y única en el concierto de mi vida: llevaba la batuta y la música entera me seguía. No importaban ya la casa ni tantas pérdidas como había acumulado: María Amor, Emiliano, María Clave, el contrabajo…ya no había ira que convertir en humo de cigarro, el humo eran hilos de mentiras y gritos de vida, aunque mi cuerpo viejo se negara a caminar de prisa.

Estaba sola, eso era lo real, y había empezado a empacar las cosas de mi vida para llevarlas a quién sabe dónde, mudanza eterna. Nunca sentí a los días correr tan pronto y a las noches tan despacio, noches de música rezada, de música gritada con fuerza mientras rellenaba las notas negras de *do-dolor* y *mi-miedo* y hacía notas blancas de *re-recuerdos* mezclados con el sueño. Ahora podía, con tantos años de experiencia, componer cualquier concierto a mis deseos, volver a usar el mismo tema de repente, repetir las melodías donde Prokofiev o Vivaldi nunca las habían puesto. Así era la historia de mi vida en las hojas pautadas: compuesta, parchada y confusamente vuelta a hacer en cada día.

Las horas y los años que me quedaban por vivir. ¿Cuántos? Quién sabe, simplemente ayer se fue, hoy es hoy y mañana ya será. Mientras seguía fingiéndome en ensayos de orquesta matutinos y por la tarde estudiaba y en una que otra caja empacaba mis cosas sin pensar, sin sufrir. Mudanza eterna. Fue así que entre un montón de cosas olvidadas arriba de un mueble de la sala apareció la carta perdida de María Clave; era un sobre pesado, parecía tener muchas hojas, su lectura pedía disposición y tiempo.

Pensé que era el momento de abrirlo, de cualquier modo no iba a llevarlo en mi mudanza, en mi mudanza eterna el cargamento iba en el alma.

Anochece.

La luz de la cocina desde el techo riega un aire triste encima de la mesa y de la estufa con la cafetera ardiendo. Me sirvo una taza de café y enciendo un cigarro, me siento en la silla que he ocupado siempre y veo salir el humo por mi boca, lo veo girar en el aire y pegarse a los muebles y a los trastes. Lodazal de mentiras, grito de vida. También veo a la niña, María Clave tiene diez o doce años, una sonrisa amplia y un cabello precioso, siento en mi cuello sus brazos frescos y pequeños rodeándome y un beso en la mejilla. Oigo la vocecita *te quiero tía* hablando de sonidos e instrumentos *te quiero tía* con la misma emoción con que habla de helados y juguetes *te quiero tía*. Veo que mis manos y el café y el sobre aún cerrado se llenan de mis lágrimas de vieja y abro por fin la carta.

Una espina de luz me entra en el cuerpo desde la mano que sostiene las hojas manuscritas. Una espina de luz que me recorre, baja de mis pies al piso y entra a la casa, a los muebles, al cello y al aire entero de la noche.